NOUVELLE

INVENTION DE CHASSE

PAR

LOUYS GRUAU

PARIS

LIBRAIRIE DES BIBLIOPHILES

M· DCCC LXXXVIII

NOUVELLE

INVENTION DE CHASSE

POUR

PRENDRE ET OSTER LES LOUPS

DE LA FRANCE

TIRAGE

300 exemplaires sur papier de Hollande.
  20   —   sur papier de Chine.
  20   —   sur papier Whatman.
_____
340 exemplaires, numérotés.

NOUVELLE

INVENTION DE CHASSE

POUR

PRENDRE ET OSTER LES LOUPS

DE LA FRANCE

PAR

LOUYS GRUAU

AVEC UNE NOTICE ET DES NOTES

PAR

H. MARTIN-DAIRVAULT

PARIS

LIBRAIRIE DES BIBLIOPHILES

Rue de Lille, 7

—

M DCCC LXXXVIII

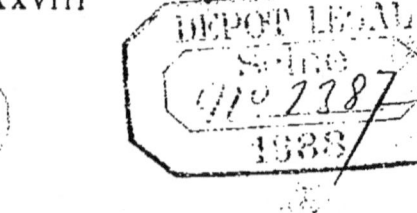

NOTICE

—

Lorsque *Louis XIII arriva au trône dont le couteau de Ravaillac venait de lui frayer inopinément le chemin, l'amour de la chasse était déjà né chez lui, amour exclusif, passion jalouse, qui devait dans son cœur dominer toutes les autres. Dès le mois de janvier 1609, — le Dauphin avait alors sept ans, — son premier médecin Jean Hérouard, seigneur de Vaugrigneuse, nous en fournit une preuve. « Il s'amuse, écrit-il, et prend grand plaisir au libvre des chasses du sieur Du Fouilloux (que M. de Frontenac venoit de luy donner), s'apprend à dire en musique l'appel des chiens. » Né pour jouer un rôle secondaire quoique placé au premier rang, et destiné, à son insu ou malgré lui peut-être, à vivre toujours en tutelle, le jeune monarque ne dut pas sans doute éprouver une satisfaction bien vive de se voir brusquement placé dans la pleine lumière du dais royal. Ce qui*

a

dut, j'imagine, réjouir cet enfant couronné et le con-
soler du trône, ce fut la secrète pensée qu'il allait
enfin emplir ses volières, chasser, quand bon lui
semblerait, — les volontés d'un roi étant exécutées
plus ponctuellement encore que celles d'un Dauphin,
— et faire élever ses faucons à sa guise. Six mois
à peine après l'assassinat de son père, ce jeune
roi de neuf ans écrit à sa sœur aînée : « Ma sœur,
je vous envoie deus piés, l'un de loup et l'autre de
louve que je pris hier à la chasse; je courray après
dîner le cerf, et j'espère qu'il sera malmené. » C'était
commencer royalement une vie de veneur, qui devait
plus tard faire dire à Sélincourt que le roi Louis XIII
avait été plus grand chasseur qu'aucun roi du monde,
qu'il avait aimé toutes sortes de chasses et qu'il y
avait été le plus adroit de son royaume, et l'on peut
dire de son siècle. M. le baron de Noirmont, qui
dans son excellente HISTOIRE DE LA CHASSE EN
FRANCE cite cette phrase de Sélincourt, fait spirituel-
lement remarquer que chaque souverain trouve un
panégyriste qui le déclare le plus grand chasseur du
monde. Il est bien vrai; mais, si quelques-uns de nos
rois n'ont pas tout à fait mérité cet éloge, qui oserait
contester qu'ici l'enthousiasme de Sélincourt ne soit
d'accord avec la vérité?

Le premier souci de Louis XIII, dans les six mois
qui suivirent la mort de Henri IV, fut de réorga-
niser sa fauconnerie, bornée jusque-là à quelques

émerillons, cette fauconnerie qui devait faire la fortune des Luynes, et fournir à un faiseur d'ana-grammes l'occasion de trouver dans les lettres composant le nom et le titre du roi : Louis treisième, roy de France et de Navarre, *cet autre titre peut-être aussi flatteur pour celui qui en était l'objet :* Roy très rare, estimé dieu de la fauconnerie. *Notre grand écrivain sur l'art de la chasse au vol, Charles d'Arcussia, vicomte d'Esparron, ne dut-il pas aussi à cet amour du fils de Marie de Médicis pour la fauconnerie l'honneur d'être nommé gentilhomme ordinaire de sa chambre? Est-ce à dire que la chasse à l'aide des faucons occupait tous les instants, charmait tous les loisirs du jeune souverain? Non, certes; Sélincourt nous le dit, il a aimé toutes sortes de chasses; et, dès l'âge de neuf ans, nous l'avons vu dépêchant un courrier pour porter à sa sœur un pied de loup et un pied de louve.*

Il n'était point de meilleur moyen de lui faire sa cour que de lui parler ou lui faire parler de chasse. — Aussi savait-il bien ce qu'il faisait, le grand veneur Hercule de Rohan, duc de Montbazon [1], le

---

1. Hercule de Rohan, duc de Montbazon, pair de France, comte de Rochefort, lieutenant général du comté et évêché de Nantes, né en 1567, grand veneur en 1602, mort en 1654. — On raconte que le duc de Montbazon, se trouvant un jour de service auprès de la reine, lui dit : « Madame, laissez-moi aller trouver ma

*jour où il se chargea d'amener du fond de sa province
et de produire à la Cour un très modeste curé de
village, nommé Louis Gruau.*

*Louis Gruau n'avait point fait d'action d'éclat,
et peut-être, sous un roi moins ami des chiens et des
oiseaux, n'eût-il pas mérité cet honneur d'être présenté à son souverain. Toute sa gloire consistait, —
c'est lui qui nous l'apprend, — à s'être emparé de
soixante-sept loups sur le territoire même de sa paroisse,
et cela en un très court espace de temps. C'était bien
quelque chose, c'était beaucoup pour Louis XIII. Il
avait encore ce mérite d'avoir imaginé quelques pro-
cédés assez ingénieux pour se rendre maître des loups.
Ces inventions avaient dû, dans sa province du Maine,
lui attirer une certaine célébrité; et l'on peut se figu-
rer le bon curé de Saulges comme une sorte de Jules
Gérard humanitaire : car Louis Gruau n'est point
un chasseur de profession; il reconnaît bien lui-
même que ce n'est pas son exercice et que la chasse*

---

femme, elle m'attend, et, dès qu'elle entend un cheval,
elle croit que c'est moi. » Le duc de Montbazon avait souvent de ces naïvetés. C'est, dit-on, en réminiscence de celle-
ci, qui avait été répétée à la Cour, que Molière, dans *l'École
des femmes* (acte I, scène III), fait dire à Georgette, parlant
d'Agnès à Arnolphe :

*Elle vous croyoit voir de retour à toute heure;
Et nous n'oyions jamais passer devant chez nous
Cheval, âne ou mulet, qu'elle ne prît pour vous.*

lui est par les saints canons défendue ; mais, s'ap-
puyant sur une glose des Décrétales, il estime que
« tendre lacs ou filets sans grande clameur, sans
chiens et grand tumulte, est permis aux prestres,
voire aux moynes, pour autant que telles chasses sont
plustost jugées ressembler à pesche que chasse ». Ces
principes sont peut-être discutables ; mais ils ont
suffi pour mettre Gruau à l'abri des reproches de sa
conscience. Pas tout à fait pourtant, car à plusieurs
fois il revient à ce point délicat, et l'on sent bien que,
s'il est convaincu de s'être justifié auprès de son lecteur, il n'est pas encore persuadé de s'être justifié
vis-à-vis de lui-même. La décision des Décrétales ne
lui suffit pas complètement ; il se fait reprocher qu'il
est prêtre et curé qui se devrait plutôt arrêter à
prêcher et instruire ses paroissiens et à prier Dieu
qu'à chasser et en faire des livres. C'est bien là qu'est
le défaut de la cuirasse ; mais il a déjà pour lui les
saints canons, il va nous prouver que, s'il fait son
livre, c'est pour obéir au précepte même de l'Évangile :
Aimez votre prochain comme vous-même. « La plus
belle partie et vertu, dit-il, que puisse avoir un
prêtre, un curé et toute autre personne, c'est la charité. » S'il fait son livre, ce n'est point pour d'autres
motifs, c'est pour donner l'invention très facile,
comme elle est, de soulager le pauvre peuple champêtre de ce royaume de ces méchants et malfaisants
animaux, dont il connaît l'incommodité que grands

et petits qui ont du bien aux champs en reçoivent. Le voilà donc en règle vis-à-vis de Dieu et des hommes.

En y regardant bien, les préoccupations humanitaires de Gruau sont assurément moins enfantines qu'elles ne nous font l'effet de l'être, vues ainsi à distance, après trois siècles écoulés, ou peu s'en faut. De nos jours, le loup, pour un grand nombre d'entre nous, est devenu un animal rare, presque un mythe, qui pour certains de nos départements ne figure plus que dans la légende, ou sert d'épouvantail aux petits enfants. Il était loin d'en être ainsi au temps où vivait notre auteur. Le loup, pendant toute la durée du moyen âge, est un animal à bon droit redoutable, redoutable pour les bestiaux, redoutable aussi pour les enfants et pour les femmes. Aujourd'hui encore, il n'a point tout à fait abdiqué ses droits à la terreur ; mais le perfectionnement de nos armes, dont il a instinctivement conscience, a, sinon changé ses appétits, modifié tout au moins ses allures, et contribué à le rendre plus circonspect. Qu'on songe qu'il n'y a guère que cent vingt ans (en 1765) que fut tuée par le chevalier Antoine cette terrible bête du Gévaudan, qui venait de tenir en échec pendant dix-huit mois tous les louvetiers de France et de répandre la terreur dans trois provinces. Dans les années qui suivirent, on vit encore apparaître sur divers points de la France des loups d'une force et d'une au-

dace extraordinaires : le Soissonnais, les environs de
Sainte-Menehould et de Saint-Mihiel, l'Alsace, la
Lorraine, l'Aunis, les montagnes d'Auvergne, le
bas Poitou, la Saintonge, l'Angoumois, furent tour
à tour le théâtre où s'exerça la férocité des loups.
Au moyen âge, c'était bien autre chose encore. Les
guerres sans trêve, guerres étrangères, guerres intes-
tines, dépeuplaient de vastes étendues de terrain, laissant le champ libre aux tribus de loups, qui pullu-
laient, et, tout en suivant les armées, s'habituaient à
faire curée de la chair des hommes morts ou
blessés.

« Item, lit-on dans le JOURNAL D'UN BOURGEOIS DE
PARIS, en celui temps, especialment tant comme roy
fut à Paris, furent les loups si esragez de menger cher
de homme, de femme ou d'enfens, que en la dar-
raine sepmaine de septembre (1439) estranglerent et
mangerent quatorze personnes, que grans que petiz,
entre Montmartre et la porte Sainct-Anthoine, que
dedens les vignes que dedens les marès ; et s'ilz trou-
voient ung tropeau de bestes, ilz assailloient le ber-
ger et laissoient les bestes. La vigille Sainct Martin
fut tant chassé ung loup terrible et orrible que on
disoit que lui tout seul avoit fait plus des douleurs
devant dictes que tous les autres ; celui jour fut
prins, et n'avoit point de queue, et pour ce fut
nommé Courtaut, et parloit autant de lui comme
on fait du larron de bois ou d'ung cruel cappitaine,

*et disoit-on aux gens qui alloient aux champs :
Gardez-vous de Courtaut. Icellui jour fut mis en
une brouette, la gueule ouverte, et mené parmy Paris,
et laissoient les gens toutes choses à faire, fust
boire, fust menger, ou autre chose necessaire, que que
ce fust, pour aller veoir Courtaut; et pour vray il
leur vallu plus de dix francs la cuillette.*

« Item, *le seiziesme jour de decembre, vindrent les
loups soubdainement et estranglerent quatre femmes
mesnaigères, et le vendredy ensuyvant ilz en affollerent
dix-sept entour Paris, dont il en mouru unze de
leur morsure.* »

Cette désastreuse guerre de Cent ans avait conduit
les loups jusque sur la place de Grève de Paris; les
guerres de religion, au XVIe siècle, ne les amenèrent
peut-être pas ainsi au centre de la grande ville, mais
elles contribuèrent tout au moins à accroître leur
nombre dans des proportions considérables. Ce n'est
point à dire qu'ils eussent disparu de la France pendant l'intervalle de temps qui s'écoula depuis la
défaite d'Azincourt et les glorieux faits d'armes de
Jeanne d'Arc jusqu'aux victoires du duc d'Anjou sur
les huguenots à Jarnac et à Moncontour; mais, à la
suite de ces dernières guerres, quand un calme mo-
mentané se fut rétabli, on constata encore un tel
accroissement des tribus de loups que Henri III,
dans son édit de janvier 1583, fut obligé d'insérer
un article pour tâcher de conjurer le fléau : « Aussi,

porte l'article 19, pour le peu de soing que nos subjects habitans des villages et plats pays ont eu à
l'occasion des guerres, qui, à nostre grand regret,
ont duré pendant l'espace de vingt ans en cestuy
nostre royaume, à l'extirpation des loups, qui sont
accreuz et augmentez en tel nombre qu'ils dévorent
non seulement le bestail jusques ès basses courts et
estables des maisons et fermes de nos pauvres subjects, mais encore sont les petits enfants en danger :
Enjoignons ausdits grands-maîtres réformateurs,
leurs lieutenans, maîtres particuliers, et autres, faire
assembler un homme pour feu de chaque paroisse de
leur ressort, avec armes et chiens propres pour la
chasse desdits loups trois fois l'année, en temps plus
propre et commode qu'ils aviseront pour le mieux. »

L'édit de Henri III ne produisit pas grand effet :
la guerre civile recommença, et Henri IV, le 18 janvier 1600, dans son édit général sur le fait des
chasses, se vit contraint de formuler les mêmes pres-
criptions que son prédécesseur : « Et d'autant, dit-il,
que depuis les guerres dernieres le nombre des loups
est tellement accreu et augmenté en ce royaume, qu'il
apporte beaucoup de perte et dommage à tous nos
pauvres subjects, Nous admonestons tous nos
seigneurs hauts-justiciers et seigneurs de fiefs », etc.

Est-ce l'édit de Henri IV qui enflamma l'ardeur
de Gruau et lui inspira le désir de partir en guerre
contre les loups? Il est plus probable, comme il le

dit lui-même, que sa charité envers le pauvre peuple champêtre suffit amplement à le lancer dans cette voie. Il y réussit assez bien, comme on le verra ; mais, ainsi que tous les inventeurs de systèmes, il dépassa peut-être le but, et rêva de débarrasser son pays de ces animaux malfaisants, auxquels il avait voué une haine mortelle. Il proposa pour cela divers moyens, comme de permettre aux condamnés de racheter leurs peines en produisant un certain nombre de têtes de loups. Le conseil ne fut pas écouté. Il voulait aussi que des gardes fussent établis à nos frontières, afin d'empêcher les loups de pénétrer sur le territoire français. C'était un beau rêve, mais bien difficile à réaliser. Les frontières en ce temps-là, — et les choses n'ont guère changé, — devaient être gardées, oui certes, mais contre des ennemis plus redoutables que les loups. Gruau, comme bien d'autres l'ont fait depuis, allègue l'exemple de l'Angleterre ; mais l'Angleterre possède des moyens naturels qui nous font absolument défaut.

Les loups ne disparaîtront donc point de France : tout ce qu'il est permis d'espérer, c'est de voir leur nombre diminuer ; et pour cela, il faut le reconnaître, la loi du 3 août 1882, remplaçant celle du 16 messidor an V, a plus fait que toutes les inventions du bon curé de Saulges. Elle a augmenté les primes auxquelles a droit celui qui tue un loup : 100 francs pour un loup ou une louve non pleine ;

150 francs pour une louve pleine; 40 francs pour
un louveteau, et enfin 200 francs pour un loup
ou une louve, lorsqu'il est démontré que cet animal,
quel que soit son sexe, s'est jeté sur des êtres humains.
Les résultats de l'élévation du tarif des primes sont
déjà fort satisfaisants. En 1883, première année de
l'application de la nouvelle loi, il a été présenté en
France 1,308 de ces animaux, tant loups que louves
ou louveteaux; en 1884, le nombre des têtes est réduit
à 1,035; enfin, en 1885, ce chiffre s'abaisse encore,
et il n'est plus touché que 900 primes pour toute la
France. Il n'est donc pas contestable que les loups
se font de plus en plus rares, et qu'une partie du
rêve de Gruau se trouve déjà réalisée.

Louis Gruau était curé de Sauge ou Saulges,
comme on l'écrit à présent : c'est là qu'il accomplit
ses exploits cynégétiques, s'il est permis de donner ce
nom aux chasses pour lesquelles il déclare bien haut
qu'il ne faut point de chiens. Ce village de Saulges,
qui fait partie aujourd'hui du canton de Meslay
(Mayenne), arrondissement de Laval, dépendait alors
du doyenné de Brûlon. Bien placé pour recevoir la
visite des loups, il se trouve situé à une faible distance
de la forêt de la Grande-Charnie et des bois de Charnie (ou Petite-Charnie), qui ne sont qu'un prolonge-
ment de la forêt. D'autre part, ces terrains boisés ne
sont pas très éloignés de la forêt de Sillé, qui devait
être le grand réservoir d'où s'échappaient, vers les bois

de Charnie et jusqu'aux environs de Saulges, les troupes de loups auxquelles Gruau avait déclaré une guerre acharnée. J'imagine, bien qu'il n'en dise rien, que le théâtre de ses exploits devait être situé au nord et au nord-est de Saulges, du côté de Saint-Pierre-sur-Erve, de Thorigné et de Bannes. C'est toujours de ce côté-là, semble-t-il, qu'il a les yeux tournés, et, s'il raconte quelques anecdotes, dans lesquelles les loups ont à jouer un rôle, ce sera toujours dans des lieux voisins des bois de Charnie. Assomme-t-on un loup à coups de bâton [1], c'est à la Verrerie, entre Chemiré-en-Charnie et Étival, que la chose se passe. Un loup malicieux pénètre-t-il dans la cour d'un monastère, étranglant les oies des moines, et s'échappant gaillard et dehait, comme dit Rabelais, par les fossés pleins d'eau du couvent, cela se passe à la Chartreuse du Parc, située à l'entrée des bois de Charnie [2]. On sent que c'est de ce côté que le curé de Saulges attend l'ennemi.

Comme tous les modestes, Louis Gruau n'a point d'histoire. En 1599, il y avait un Jean Gruau, greffier des tailles pour le roi en la paroisse de Boullay-les-Deux-Églises, canton de Châteauneuf-en-Thymerais, arrondissement de Dreux (Eure-et-Loir). Ce Jean Gruau passa, le 7 février 1599, un bail de

---

1. Voyez p. 38.
2. Voyez p. 34-35.

neuf ans, par-devant *Philippe Bouchereau, notaire
à Chartres, au droit de Louise La Bische, sa femme.
Il était mort en* 1608. *Ce Jean Gruau était-il frère
ou parent à un degré quelconque de notre auteur?
Rien n'empêche de le conjecturer; rien non plus ne
permet de le supposer, et je me contente de faire ce
rapprochement, sans en tirer aucune conséquence.*

M. *Barthélemy Hauréau, dans son* HISTOIRE LITTÉ-
RAIRE DU MAINE, *s'est borné à signaler à son rang le
petit traité de chasse du curé de Saulges sans y joindre
la moindre notice biographique. Si le savant membre
de l'Institut n'a rien dit, c'est qu'il n'y avait rien à
dire. Gruau s'est contenté d'être un simple et digne
prêtre, tout occupé des soins de sa paroisse. Peut-
être, d'ailleurs, avait-il fort à faire dans son petit
village de Saulges, où, si l'on en croit certains érudits
du* XVIIIᵉ *siècle, subsistèrent jusqu'au règne de
Louis XV de curieuses superstitions, paganisme et
sorcellerie mêlés :* « Ce village de Sauge, dit l'abbé
Lebeuf[1], est à neuf lieues ou environ de la ville du
Mans, vers le couchant, au doyenné de Brullon, sur
la rivière d'Arve ou d'Erve. On y voit des caves ou
cryptes, partie naturelles et partie artificielles, dans
lesquelles les paysans, malgré les soins des curés,
alloient encore, il y a quelques années, sacrifier une

---

1. *Dissertations sur l'histoire ecclésiastique et civile de
Paris* (Paris, 1739), t. Iᵉʳ, p. 189, note *a*.

*poule noire. Il n'y a que des ordres supérieurs qui
ont pu faire cesser ce reste d'idolâtrie. »*

Si la vie de Louis Gruau est restée cachée, la bibliographie de ses œuvres n'a point l'avantage ou l'in-
convénient d'être obscure. Son unique ouvrage, celui
que nous reproduisons, n'a été imprimé qu'une seule
fois, en 1613. Brunet, dans son MANUEL DU LI-
BRAIRE, indique une édition qui aurait été faite en
1614; mais je ne sais sur quoi repose cette assertion.
Je n'en ai trouvé trace nulle part; et, jusqu'à preuve
du contraire, je crois qu'on peut considérer cette indi-
cation comme erronée. Je ne vois qu'une simple par-
ticularité à signaler dans cette édition de 1613. On
trouve des exemplaires qui portent : « A Paris, chez
Pierre Chevalier, au mont Saint-Hilaire, à la Court
d'Albret » ; d'autres portent : « A Paris, chez Laurent Sonnius, rue Saint-Jacques, au Cocq et Compas
d'or. » Dans sa très complète BIBLIOGRAPHIE DES
OUVRAGES SUR LA CHASSE, LA VÉNERIE ET LA FAU-
CONNERIE, à laquelle M. Paul Petit, avocat à Louviers, vient d'ajouter un intéressant supplément [1],
M. R. Souhart n'indique pas l'édition portant le
nom de Laurent Sonnius. C'est un tort : Laurent
Sonnius est le véritable éditeur du livre de Gruau.

---

1. Paul Petit, *Quelques additions à la Bibliographie
générale des ouvrages sur la chasse, la vénerie et la fauconnerie par R. Souhart.* Louviers, 1888. Tiré à 5o exemplaires.

Le privilège, daté du 21 juin 1613, est donné en son nom. La Bibliothèque nationale possède un exemplaire au nom de Pierre Chevalier ; la Bibliothèque de l'Arsenal en possède un au nom de Laurent Sonnius : c'est sur celui-ci qu'a été faite la présente réimpression.

L'exemplaire de l'Arsenal contient six planches, dont quatre se pliant. Ces planches sont coloriées et en assez mauvais état. L'exemplaire de la Bibliothèque nationale contient ces mêmes planches, en meilleur état, mais non coloriées. Ces six planches sont assez grossièrement faites ; ce sont elles néanmoins qui certainement donnèrent à Louis Gruau l'idée d'écrire son livre, après lui avoir valu l'honneur d'être présenté à Louis XIII par le grand veneur Hercule de Rohan. La figure 1, pliée (p. 15), représente la chasse aux poches ; la figure 2 (p. 22), le trictract sans armes ; la figure 3 (p. 28), la fosse pour renards ; la figure 4 (p. 31), les fosses à loups ; la figure 5, pliée (p. 38), les fosses à loups ; la figure 6, pliée (p. 40), la chasse au parc ou à la haie.

A la suite du traité de Louis Gruau sur les loups se trouvent trois discours aux « pastoureaux françois » ; mais ici le chasseur a à peu près disparu, le prêtre est resté. Ce sont, à proprement parler, des sermons plutôt que des discours. Ils n'auraient été nullement à leur place ici ; ils n'ont donc pas été reproduits. Ces trois discours aux pastoureaux rappellent assez bien ce qu'un écrivain mystique du XVe siècle nommait Tractatus de omni. Il est, en effet, traité de tout dans ces discours; il y est parlé du monde, de la terre, des astres, du déluge, des famines, etc., surtout de la fin du monde, mais très peu des loups, bien qu'ils en soient le prétexte.

Le livre de Gruau est devenu aujourd'hui fort rare, et il faut bien reconnaître que c'est là un des mérites de cet ouvrage. Le style en est assez habituellement lourd et embarrassé, surtout lorsque l'auteur s'efforce d'expliquer ses inventions, ce qui était, on en conviendra, une ingrate besogne; mais, outre que ces inventions offrent un certain intérêt, on trouvera dans ce petit volume quelques pages assez lestement tournées, qui dédommageront les amateurs de la lecture un peu fastidieuse de la partie technique.

Paris, le 14 janvier 1888.

H. Martin-Dairvault.

AU ROY

—

SIRE,

L'HONNEUR *que j'ay receu de Vostre Majesté, lorsqu'elle eut aggreable me tant favoriser que de voir entre mes mains les portraicts des chasses des loups contenuës en ce livre, et le bon œil dont elle les honora me font esperer le semblable du discours et de la maniere de mettre en pratique ce qui est despeint dans lesdits portraicts. Cela seul me donne l'asseurance d'offrir à Vostre Majesté ce mien petit œuvre entrepris plustost par la charité que j'ay envers le pauvre peuple champestre de son royaume, que je*

sçay avec cognoissance estre grandement in-
commodé de ces animaux-là, et par quelque
pratique particuliere que j'en ay euë, plustost
que par capacité. La suppliant trés-humble-
ment le vouloir mettre sous sa protection et
le recevoir, non selon le merite de la chose,
mais comme venant de la main et de l'affec-
tion d'un qui est

De Vostre Majesté

Trés-humble, trés-obeyssant et trés-fidele
subject et serviteur,

L. GRUAU,
Curé de Sauge.

A MONSEIGNEUR DE MONBASON

PAIR ET GRAND VENEUR DE FRANCE

COMTE DE ROCHEFORT, LIEUTENANT GENERAL POUR LE ROY

Au Comté et Evesché de Nante.

MONSEIGNEUR,

QUAND vostre qualité et vostre charge ne me convieroient et comme force-roient à vous offrir seul, aprés le Roy, et dedier ce mien livre de la chasse des loups, l'honneur que j'ay receu de vous, m'ayant presenté au Roy et faict qu'il ayt daigné voir par mes mains les portraicts des chasses contenuës dans cedit livre et ouyr de ma bouche le discours d'iceux, m'y obligeroit du tout : l'un et l'autre me le feront donc faire, et vous supplier le vouloir receuoir, advouër et maintenir contre les censeurs d'iceluy, lesquels, selon mon advis, n'en peuvent dire que trois choses, ausquelles je desire par pre-caution repartir devant qu'ils ayent faict le mal. La premiere sera que les inventions de prendre des loups, qui sont animaux trés-fins et rusez, sont aisées à dire, escrire et peindre, mais malaisées et

dificiles à executer : en cela je leurs repartiray que
la pratique que j'en ay euë de la part d'icelles, en
ayant faict prendre en nostre paroisse depuis peu de
temps, soubs l'estenduë d'une lieuë, soixante sept,
dont beaucoup ont cognoissance, et des plus qua-
lifiez de ceste cour, et par consequent l'experience,
maistresse des choses, me les fait asseurer pour
veritables et tres-faciles. La seconde, le mal poli
discours dudit livre mis en lumiere à la veuë de la
la Cour et au lieu de tout le monde où il y a des
langues les mieux penduës et plus disertes. De ce
poinct j'en demeure d'accord et ne le veux contester, mais je leurs repartiray en deux mots que
ce n'est le beau françois ny le poli discours qui
me convie à le mettre en lumiere, ains seulement
le sens et substance d'iceluy. La troisiesme, que je
suis un prestre et curé qui me devrois plustost
arrester à prescher et instruire mes paroissiens et à
prier Dieu qu'à chasser et en faire des livres. A ce
poinct je leurs diray sans leurs alleguer du latin ny
la Saincte Escriture, sçachant que ce seront plustost
chasseurs qui liront ce livre que theologiens, que
la plus belle partie et vertu que puisse et doive
avoir un prestre, un curé, et toute autre personne,
c'est la charité ; rien autre chose ne me la faict en-
treprendre, et pour donner l'invention tres-facile
comme elle est de soulager le pauvre peuple champestre de ce royaume de ces meschans et mal-fai-
sans animaux, dont je cognois l'incommodité que

graands et petits qui ont du bien aux champs en re-
çoiivent. C'est donc là, MONSEIGNEUR, mon seul
butt et ma seule intention, que je vous supplie trés-
humblement vouloir maintenir contre tous les sus-
ditss censeurs qui pourroient s'opposer à ce mien
œuvre. Pour recompense dequoy vous ne recevrez
de moy que des prieres que je feray le reste de mes
jouirs pour vostre prosperité, santé, et accomplisse-
meint de vos desirs, comme estant,

MONSEIGNEUR,

Vostre trés-humble serviteur,

L. GRUAU, *p. curé de Sauge,*
Diocèse du Mans.

AU LECTEUR

JE te prie (amy lecteur) recevoir ce petit œuvre en bonne part, et ne t'offenser si tu n'y trouves termes selon l'art; c'est pour autant que ce n'est mon exercice et comme m'estant par les saincts canons deffendu; mais bien me sui-je occupé à descrire et faire practiquer celles que je trouve par decret m'estre permises en la Dist. 86 : Qui vœnato..., en la glosse et en la margarite où il est dict :

Ponere laqueum sive rete, sine clamore, canibus et strepitu, licet clericis, etiam monacho, quia est genus piscationis potius quam venationis.

Tendre lacs ou filets sans grande clameur, sans chiens et grand tumulte, est permis aux prestres, voire aux moynes, pour autant que telles chasses sont plustost jugées ressembler à pesche que chasse. Les pertes et ravages, et principalement les cruautez que j'ay veu telles mauvaises [bestes] exercer tous les

jours et depuis la fin de ces dernieres guerres à l'endroit de personnes de tous aages et qualitez, m'ont
comme transporté et incité à excogiter ce que j'en
escris, sçachant qu'il y en aura cy aprés qui par charité mettront la main à la plume pour en escrire plus
amplement et d'un meilleur stille.

A Dieu.

TABLE

DES CHAPITRES ET MATIERES

CONTENUS

EN CE VOLUME DIVISÉ EN QUATRE LIVRES

Le I contient 7 chapitres.

Le II livre contient les chasses des loups pour les prendre par la campagne, en 5 chapitres.

Le III livre pour prendre loups és forests et deserts et une chasse royalle, en 2 chapitres.

Livre IV contient les moyens et impenses pour
oster en bref les loups de France et les empescher
d'y entrer.

LA
CHASSE DES LOUPS

LIVRE PREMIER

CHAPITRE I

Distinction et définition du mot de Chasse.

ES Grecs anciens ont dict et appellé la chasse par ces deux mots : *tireuma* ou *tiragran, quia venatio sit ferarum vel animalium indagatio, vel persecutio,* que la chasse dicte venerie est ainsi dicte à raison des bestes sauvages qu'il convient y rechercher ou poursuivre : car *thirion* signifie beste sauvage; de là est dit chien faict à la thirasse, c'est à dire dressé à la chasse des bestes sauvages.

Les Latins, comme Varro, *lib. de Ling. lat.,* a dict : *Venationem ab adventu vel eventu, eo quod non sit certa præda,* que la chasse (dicte venerie) est appellée par les Latins *de hasard,* d'autant qu'en la chasse il n'y a rien de certain, ny de gibier asseuré.

Puis, ils nous disent qu'il n'y a que trois genres d'animaux au monde que l'on chasse. Le premier, les quadrupedes, la chasse desquels proprement est dicte venerie par les Grecs et Latins, ainsi qu'avons dict. Le second genre de chasse, des volatiles, et est appellée fauconnerie, de cest oyseau nommé faulcon en latin : *Accipiter columbarius ab accipiendo, eo quod sibi capiat et ab aliis rapiat et vivat semper in armis.* Il est ainsi appellé faulcon pour autant qu'il prend la proye pour luy, et l'oste aux autres, et vit tousjours en armes. Le troisiesme genre sont les aquatiles, et s'appelle pescherie. Toutes lesquelles especes sont contenües sous ce mot de chasse, comme estant le genre, pour raison de l'antiquité, et qu'il a esté le premier en usage et pratiqué, d'autant qu'il a convenu aux hommes plustost chasser les bestes nuisibles pour leur en deffendre, que de les vener pour leur en servir ou manger, puisque l'on a esté plus de seize cens ans de temps auparavant que de manger chair : et use-on encores ordinairement de ce mot *chasser* pour repousser ce qui nuist.

Or, pour autant que ceste espece de chasse, dicte de venerie, regarde les bestes sauvages et par con-

sequent les loups, je relaisseray les autres especes
pour n'estre à nostre propos, et parleray seulement
d'icelle venerie. Julius Pollux, discourant de l'office du veneur, dict qu'il doit estre envyeux à
rechercher le gibier en tous endroicts, le doit
poursuivre diligemment, et si ne le doit quitter
laschement.

Autant en dict Isidore : L'office du veneur est
suivre à la piste, trouver au giste, en faire rapport,
puis le chasser vivement pour le prendre. Et Xenophon dict qu'il peut cognoistre l'age à la piste et
aux fumées.

Or, suyvre à la 'piste le gibier, c'est observer
par où il est passé, a allé ou venu, et par ainsi je
jugerois ce mot de venerie estre dit de ce mot *veine*,
qui descent de ce verbe *venio*, qui signifie *venir*,
d'autant que les veines du corps sont voyes ou sentiers par où le sang, provenant du foye, court et
s'espand par toutes ses parties, et par icelles re-
court au cœur, quand il en est de besoin. Ainsi le
veneur observe les voyes et sentiers par où les gibiers sont allez ou venus ou peuvent passer. Mais,
pour autant que je ne trouve autheur qui favorise
mon opinion, je le diray plustost estre derivé de ce
mot *venor*, qui signifie *tromper* et *decevoir*, d'autant que, chassant les bestes, on les veut tromper et
surprendre ; et à ceste occasion l'on dict *venari
aliquem*, chasser quelqu'un, quand par belles pa-

roles, ruses, finesses ou crainte, on le poursuit pour le supplanter et decevoir, jouxte le poëte :

Et viduas frustis venantur avaras.

J'approuve fort l'opinion des Grecs, quand ils ont dict que la chasse ou venerie, souvent l'un estant pris pour l'autre, est dite venerie pour raison des bestes sauvages. Je dy le veneur et les bestes sauvages estre relatifs ou se regarder l'un l'autre : car quel veneur, s'il n'y avoit bestes à vener? C'est pourquoy les anciens ont bien dict la venerie estre un art ou office.

CHAPITRE II

De l'utilité et incommodité de la chasse.

Les anciens ont fort recommandé la chasse pour l'utilité qui en provient, principallement chassant et repoussant les bestes nuisibles, chasse la plus necessaire et permise à tous de droict commun.

Secondement, pour le proffit et commodité qu'on retire des bestes, tant pour le vivre, vestir, que pour s'en servir.

3. L'on evite oysiveté, mere de tous vices.

4. Les corps engourdis et esprits par trop at-

tenuez et fatiguez sont par la chasse comme re-
nouvelez et reveillez, et leur vault une medecine.

5. En poursuivant les bestes sauvages, fines et
rusées, l'on peut apprendre les ruses de ses ennemis
et stratagemes de guerre. C'est pourquoy Julius
Pollux recommandoit fort l'exercice de la chasse à
l'empereur Commodus, luy disant que c'estoit un
exercice heroïque, qui façonnoit le corps et l'es-
prit de l'homme, et l'entretenoit en un continuel
exercice de guerre. Occasion que tel exercice est
permis et fort recommandable aux nobles. Et les
poëtes ont tousjours reputé ceux qui ont aymé la
chasse pour personnages vertueux et magnanimes.

Les Perses ont aussi fort continué et loüé l'exercice de la chasse, ainsi que le testifient Xenophon,
Philon juif, et Ciceron au livre de la *Nature des
Dieux*, principalement de celle qu'on faict aux
bestes nuisibles. Mais je sçay qu'on me pourra ob-
jecter plusieurs inconvenients et incommoditez qui
arrivent par la chasse : occasion pourquoy j'en ay
voulu reciter qu'on voit souvent arriver par l'abus
qu'on y commet.

Car il n'y a rien, tant soit bon, de quoy
l'homme par malice n'en puisse abuser ; et partant
je diray la chasse estre semblable à un bon ou à
mauvais estomach : car, comme à un mauvais estomach telle sorte de viande (quoyque bonne et de-
licate de soy) luy est nuisible et dangereuse, la-

quelle aux sains et bien nez est utile et profitable :
ainsy diray-je de la chasse, qu'aux uns elle est commode, propre et utile, et aux autres nuisible et in-
decente. Je ne me veux arrester à reciter tant et si
diverses maladies qu'elles peuvent causer la mort,
comme il se lit de l'empereur Adrian, qui par
excez de la chasse tomba en manie. Je diray seulement que par l'effusion continuelle du sang des
bestes, les hommes sont faciles et enclins à commettre meurtres et cruautez, sinon qu'une sagesse
ou crainte de Dieu les retienne.

Nous lisons en Guaguin, livre dixiesme, que le
Roy de France Louys unziesme au commencement
de son regne deffendit à tous l'exercice de la chasse,
comme nous voyons encores souvent telles def-
fences se faire par nos Roys, tendant à conserver les
droicts à qui ils appartiennent, et pour maintenir
mieux chacun en sa charge et devoir; considerant
qu'il y en a plusieurs qui, par trop addonnez à la
chasse, offencent et portent perte à leur prochain,
delaissent leur vacation, perdent le temps si pre-
cieux, et en maniant les armes sont portez à faire
hastivement actes indignes de leurs qualitez : dequoy souvent s'en repentent tout à loysir, ou en
sont punis ignominieusement.

Plusieurs autres y consument la plus grande
partie de leurs moyens, qui leur serviroit bien à l'entretien d'eux et de leur famille. Si bien qu'on peut

dire d'eux comme la Fable dit d'un Acteon, que ses propres chiens devorérent, c'est-à-dire qui dependent et consomment tous leurs moyens à l'entretien de la chasse.

L'usage donc et exercice de la chasse est adiaphore de soy, n'est ne bon ne mauvais, tellement que *non usus, sed abusus, vituperandus,* ce n'est l'usage et exercice de la chasse qui soit à blasmer, comme l'on dit du vin : *Non culpa vini, sed sese inebrianiis,* l'abus et mal procéde de l'yvrongne, et non du vin.

Ceux donc ausquels la qualité, vacation, sexe ou temps ne permettent l'exercice de chasse, ou y font excez, ils sont veus en abuser. L'intention toutesfois ou zele de servir au public (n'estant indiscret) peut excuser, comme de chasser aux loups qui tant importent à une France.

CHAPITRE III

Du loup, de son nom et naturel.

EN quelque chasse qu'on vueille proceder, il convient premierement considerer (pour recognoistre) la nature des bestes qu'on veut chasser et prendre, autrement c'est perdre le temps. C'est

3

pourquoy donc, au prealable que de traicter des
chasses et façons de prendre les loups, j'ay creu
estre à propos discourir premier de leur nom et
naturel.

Les Grecs ont appellé le loup par ce mot *lycos*,
à raison qu'ayant faim il mord avec furie, force et
violance.

Et les Latins l'appellent *lupus vel leopus*, *quasi
leonis pes*, comme ayant pied de lyon, d'autant
qu'il a force au pied de devant, ainsi que le lyon.
Dont est sorty en proverbe : *Quidquid pede presserit, amplius non vivit*, que toute beste une fois
frappée du pied du loup est en danger de mort,
aussi tost que celle qui en est morduë de la dent.

Il s'escrime tellement de la patte, qu'il en arreste
sa proye aussi tost que de sa gueule, à raison qu'il
a les serres de sa gueule tant fortes, qu'il seroit
comme impossible les luy faire deserrer, et aussi
ne peut pas tousjours ouvrir sa gueule promptement.

Il marche comme un mastin; il est subtil de la
patte comme le lyon et scarifie comme le chat; et
en quelque sorte qu'il offence une beste elle est en
danger de mort, s'il n'y est promptement remedié,
comme seroit en versant és playes de l'huyle de
noix toute boüillante.

Il peut de sa patte briser les os d'une beste sans
ouverture de playes, et en telle meurtrissure le ve-

nin s'engendre, qui fait mourir la beste. Ils ont la
veuë tant perspicace et bonne qu'ils voyent és
nuicts les plus obscures, selon le poëte,

..... *Imitantur lumina flammas.*
Nocte procul cernes radiantis lampadis instar.

Pline recite que les loups d'Italie ont les yeux
pleins de poison, et la veuë fort pernicieuse.

Son haleine est tant venimeuse et froide qu'elle
est apprehendée presque de tous animaux, desquels
plusieurs en fremissent ; et la chevre la sent de plus
loing : à l'odeur duquel tous s'enfuyent, sinon le
mouton qui l'ayme, ainsi que nous dirons cy aprés.
L'homme mesme venant à sentir le loup ou son
haleine, il l'apprehende et en frisonne, et si le peut
rendre muet, selon Virgile,

..... *Lupi Merin videre priores.*

Et selon Isidore, et selon sainct Ambroise : *Lupus,*
si prior viderit hominem, vocem eripit et despicit eum,
tanquam victor vocis ablatæ; idem, si se prævisum
senserit, deponit ferociam et non potest currere. Si le
loup apperçoit premier l'homme, il putrifie et em-
peste tellement l'air, par je ne sçay quelles oc-
cultes, sinistres et infectes vapeurs, qu'il envoye et
faict sortir de sa gueulle, en sorte qu'il peut priver
l'homme de sa voix, ou au contraire quand il apperçoit estre premierement veu, alors il demeure
comme honteux, lent et paresseux.

L'on voit assez par experience comme le loup
cherche d'approcher des pastoreaux à l'ombrage
des hayes ou buissons, et prendre le vent pour leur
envoyer son haleine, sçachant bien qu'il les peut
rendre muets et ainsi mieux prendre et emporter
sa proye, dont est sorty le proverbe : *Lupus in fabula*, quant, en parlant de quelqu'un, il arrive sur
les propos, et ainsi est occasion que celuy qui parloit se taist.

Pour donner raison des effects tant sinistres de
l'haleine du loup, je ne puis autre que celle dont
parle Aristote, disant que le loup est un animal
tant vorace, veneneux et par consequant froid, lequel jette une haleine froide et veneneuse, laquelle
infecte l'air, qui, estant parvenuë jusqu'au cerveau
de l'homme, l'esmeut et le trouble par sa grande
froidure, laquelle incontinant descenduë au gosier
ou larinx de la trachée artere, selon que l'appelle
maistre Ambroise Paré, le vient à offusquer et
rendre raucque. L'on en voit souvent pareils effects
arriver tantost par fumée, air espoix, ou par humi-
dité et froidure procedantes de la plante des pieds
ou du cerveau. De là je dy que le loup varie sa
voix en divers tons, quand il heurle, principallement
lorsqu'il s'egaye à la mutation des temps et saisons;
je diray toutesfois qu'il heurle sans varier lorsqu'il
appelle ses compagnons. Il gronde et heurle seulement, et ne crie jamais, ainsi que faict le chien.

Il saura bien recognoistre entre plusieurs celuy qui l'aura auparavant frappé ou qui l'aura en le prenant plus maltraicté, pour l'offencer et estrangler s'il peut, comme aussi il se laissera plus facillement manier à celuy qui l'aura plus humainement traicté, comme l'experience le nous a demonstré.

Plutarque raconte que l'halaine du loup mortifie la chair de la beste qui en aura esté morduë et la rend plus tendre, et la sçaura recognoistre entre les autres pour plustost la reprendre.

Davantage il dict que la laine des brebis qui auront été morduës ou devorées du loup engendre poux et vermines.

Autres afferment que la fourure faicte de peaux de loup les chasse, et que les chevaux qui une fois auront esté mordus et scarifiez des loups jusques à playes ouvertes, et puis gueris, ils sont doresnavant preservez des avives.

CHAPITRE IV

De la faim et gourmandise du loup, et de ce qu'il appete le plus de manger.

QUINTILIAN dict le loup de son naturel estre porté à la cruauté : *Ad sævitiam feræ gignuntur, sicut aves ad volatum et equi ad cursum ;* mais

comme il est cruël, il est quant et quant gourmand :
car il devorera à une fois ce qui luy seroit suffisant
pour le nourrir deux et trois jours. Quelques-uns
disent qu'il est tellement gourmand qu'il peut tant
devorer à un coup qu'il en est repeu pour neuf
jours.

Or, à faute de recouvrer carnage dequoy manger
à l'heure de la faim, ou autre chose qu'il appete,
alors il entre comme en furie et rage, de sorte que
pour satisfaire à sa faim il se remplist de ce qu'il
rencontre, comme de fruicts, herbes, vermines,
raisins au temps de vendanges, mousses et terre, et
a recours à l'herbe *gramen*, dicte chiendent, pour se
guerir se trouvant mal, selon le dire du poëte,

> ..... *Vomitumque cientia carpunt*
> *Gramina. Vescuntur terra.....*

Et, alors qu'il se trouve trop saoul, il se couche à
plat sur terre, ayant l'astuce de se poser la patte
dans la gueule pour se provoquer à rendre gorge,
soit pour donner à ses petits, ou pour vuider sa
panse. Et s'estant repeu de quelques choses mauvaises, et en trouvant de meilleures, ou tantost pour
arrester les chiens se voyant poursuivy, ou pour se
rendre plus allaigre et de meilleure haleine pour
courir, il fait le mesme.

Il ayme mieux la charongne des bestes mortes,
tant soit putrefiées, que les bestes vives, l'un et

l'autre estant en son pouvoir. Je n'en puis dire autre raison, sinon que telle putrefaction est approchante à son naturel, selon le philosophe : *Omnia vivunt his quibus constant,* tout animal appete manger chose conforme à son naturel. Et ainsi le loup veneneux ayme les choses veneneuses et corrompuës pour sa nourriture ; et entre toutes autres charongnes, il appete celle d'asne, de laquelle estant repeu, il ne peut (ainsi que des autres) en rendre gorge, lorsqu'il auroit pris quelque poison. Je juge que c'est à raison qu'elle estant le plus à son appetit, par consequent qu'il l'a plustost digerée.

En Arabie, Phenicie et Licye, y a certaine espece de petits loups fauves, qui ne sont point carnaciers, mais grands larrons : car, soit de jour, soit de nuit, ils y emportent ce qu'ils peuvent attraper et desrobber, jusques aux draps sechants au soleil, serviettes, botes, chaperons, et s'appellent *lupi Arabici,* loups d'Arabie.

Le poëte dict que le bruict est qu'en Thessalie et en l'isle de Crete il n'y a point de loups :

Thessala terra lupos et divitis insula Cretæ
Ferre negant, [*uti*] *fama refert.....*

CHAPITRE V

De la timidité du loup et des lieux où il hante selon les saisons.

Comme les voleurs et meurtriers ne cheminent de jour en asseurance, mais ayment les tenebres et voyes obliques, craignans tomber és mains de justice ou de leurs ennemis, ainsi les loups pernicieux et ennemis à bestes et à gents demeurent en continuelle crainte et à ceste occasion marchent plutost la nuict que le jour, en cachette et lieux couverts; joinct que Dieu le dispose ainsi pour la commodité des hommes. Il faut sçavoir qu'en France il semble y avoir diversité de loups en forme, figure, naturel et hantise, selon la diversité des pays et regions où il s'en treuve; et selon que l'on voit mesme une varieté et diversité de beaucoup d'autres animaux, et mesme des hommes, selon la diversité des regions et climats.

Solin raconte que l'Ethyopie en produit qui ont des crins ainsi que lyons, et au reste si madrez de couleurs qu'on ne peut proprement juger de quelle couleur ils sont.

Or, en France nous en voyons de differents en grandeur et couleur; et comme les uns ne s'eslognent sinon peu loin des forests et deserts, d'autres tiennent la campagne et hantent proche les villes et maisons.

Les forestiers ou ceux qui hantent les forests et deserts chassent ordinairement les bestes de venaison pour leur en repaistre, et ne les quittent ny jour ny nuict, hyver ny esté, sinon peu loin aux environs. Et tels sont plus alaigres et dispos à courir; et, pour aller de forests, grands bois ou deserts à autre, ils tiennent ordinairement un chemin ou route d'aller ou de venir. Et leurs petits estans affriandez à telles douces venaisons par le moyen des grands leurs peres et meres, ils recherchent tousjours à leur en repaistre : tellement qu'ils les venent comme feroient chiens de chasse par relais, et ainsi que l'on voit faire aux renards pour prendre lievres ou lapereaux; et à ceste occasion hantent les bois ou forests où ils treuvent telle venaison, lesquelles ils poursuyvent d'une forest en autre, à bon vent et à la piste, ainsi que font chiens de chasse, tellement qu'ils les contraignent souvent quitter les forts et se jetter par la campagne. Au temps d'hyver ils ont les ñuicts longues pour les ennuier et lasser; et en esté qu'ils les ont breves, ils les rencontrent en amour, pleines, ou en la compagnie de leurs petits, de sorte qu'il leur est facille d'en avoir des unes ou des autres, et quelquefois la mere et les petits.

Les veneurs et ceux qui hantent ou habitent aux environs des forests (en y prenant garde) sçauroient bien qu'en dire.

Le sieur Clamorgan, en sa *Chasse des loups*, fort à ce propos dict que, passant un jour la forest Sainct Germain pour s'en aller à la Court et estant de cheval, il advisa un pied de bische éminant sur terre, et, voulant veoir que c'estoit, trouva une espaule de cerf ou bische que les loups avoyent enterrée la nuict precedante.

L'on verra és forests où il y aura quantité de bestes de venaison y avoir aussi grand nombre de loups, et en observant l'on trouvera leurs repaires estre remplis de poil desdictes bestes de venaison. J'ay assés souventefois ouy reciter histoires semblables, qu'on avoit trouvé cerfs, bisches, sangliers, les uns demy mangez, les autres seulement estranglez et tous chauds, et retournant à un quart d'heure aprés ne trouver rien de reste. J'ay veu homme m'avoir monstré l'endroit, proche d'une forest, où au soleil levant il vit un loup poursuivre de grande furie un jeune cerf d'aguet, lequel estant trop las et voulant sauter une haye, il tomba dedans le fossé, et le loup le poursuivant se rua dessus, qui promptement l'estrangla en sa presence, et à peine le luy peut-il faire quitter.

Au temps d'hyver et durant longues neïges l'on peut veoir és forests et deserts les escrimes et passades que telles bestes s'entrefont.

Nous voyons d'autres loups que Pline appelle canins, d'autant qu'ils approchent plus de la nature des chiens et ne portent que quatre à cinq petits à chacune portée, où les autres en peuvent porter neuf ou dix, ainsi que les chiennes. Ils hantent prés les villes et maisons et courent la campagne pour recouvrer charongnes pour s'en repaistre, et à faute d'en recouvrer ou autre chose, à l'heure de leur faim ils attaquent les bestes vives.

Sentiront à bon vent les charongnes d'une et de deux lieuës loing, raudent par la campagne quinze et vingt lieuës en rond, allant et venant pour trouver dequoy se paistre, lesquels s'arrestent és endroits de pays, et autant de temps qu'ils trouvent des commodités ; et, en quelques bois qu'ils s'arrestent, auront tousjours en memoire leurs lieux de refuge, comme sont grands bois et forests, pour s'y sauver, sçauront quant et quant les chemins et passages pour y aller, ainsi que l'on voit faire à plusieurs autres moindres animaux, soyent renards, lievres ou lapereaux, qui sçavent leurs forts et bocages pour leur sauver, et le chemin pour y aller, d'autant que souvent ils les visitent.

Les loups marchent par escouades et par compagnées : car un ne voudroit demeurer seul longue-

ment, s'il ne sçavoit·ses compagnons estre proches;
et ainsi s'entresuivent au train.

Au temps d'hyver l'on veoit qu'ils suivent les
armées pour les commoditez qu'ils y trouvent; et
passeront d'une province en autre pour y rechercher leurs commoditez; hantent les bois et bocages
situés au bord des ruisseaus ou rivieres, et plutost
au dessous des villes qu'au dessus pour y attendre
les immondices que l'eau y peut porter. Au temps
d'esté ils hantent les bois qui sont espois de haliers
et buissons, où ils trouvent commodité d'eau ; et
au temps de vandanges ayment à demeurer és bois
proches des vignes.

Au temps d'hyver hanteront les bois et forests
desquels la situation sera montueuse et seiche, et
ayant colines et vallons qui soient exposez au soleil
levant et Midy et qui soyent à l'abry du vent du
Nort, pour autant qu'ils sont animaux veneneux,
et par consequent froids.

CHAPITRE VI

Des ruses et finesses du loup.

Qui *dat escam omni carni.* David, en admirant la providence de Dieu, dict qu'elle est si grande qu'elle donne nourriture et aliment à toute creature; mais, aprés la leur avoir preparé et administré à toutes, elle en incite les unes à l'aller rechercher, et à d'autres donne instinct et naturel de l'atirer à elles, tantost par leur odeur, tantost par leur haleine ou couleur : comme nous voyons le chat de ses yeux charmer les souris et de son haleine les attirer et faire venir à luy; le cerf de son haleine douce et chaude attirer le serpent glissé dedans un trou, et le tüer du pied pour se chambrer avec plus de seureté, ou quelquefois le devorer pour muer de poil et faire teste nouvelle, selon le poete :

> *Ast ubi decubuere solo serpentibus atris*
> *Hostibus, interdum cervis pugnare necesse est.*

Ainsi, le renard se repaist au printemps du lazard, tant pour jetter son viel poil que pour se rendre puant, afin que par telle puanteur les chiens et autres bestes ne le vueillent toucher ny attaquer, ny entrer dans sa taniere, principalement où il aura ses petits. L'on void qu'il fait de mesme aux blereaux, pour leur faire quitter leurs antres ; quand il les voit estre aux champs, il se campe dedans, et en tous endroits d'icelle il y fait ses ordures et villainies, pour leur faire quitter la place.

L'on tient que le hairon, par sa couleur ou odeur, ou plustost par ses fiels, que l'on tient en avoir sept en divers endroits du corps, estant assis dans l'eau, attire le poisson à luy pour le devorer et s'en repaistre.

Or, encores qu'entre les loups et les brebis il y aye une antipathie, neantmoins il s'y trouve une sympathie : car, aprés que la brebis a apprehendé le loup ou son semblable comme seroit un chien, elle est veuë incontinent s'approcher de luy jusques à le baiser ; on en void l'experience à leur tect, où le loup ayant moyen de passer la teste ou groing, les brebis viennent toutes pour odorer son haleine et le baiser, qui luy est un moyen de les surprendre et tirer à luy.

Et les voyant és champs, et craignant d'estre descouvert, il se cache dans une haye ou buisson, pour leur envoyer, s'il peut, par la faveur du vent son haleine, lesquelles venant à l'odorer tendent vers luy, et s'en approchent de si prés qu'il en peut prendre sans estre descouvert.

La brebis ayant esté portée par le loup, et luy
eschapant, ou la luy faisant lascher, le loup l'ayant
haleinée, elle le suit et court aprés, ou la prenant
par l'oreille, et la chevre par la barbe ou oreille,
il les touche de sa queuë, tellement qu'il les fait
marcher aussitost qu'il les pourroit porter. Pour
dire comment et par quelle raison, je ne puis autre, sinon que c'est un instinct et secret de nature,
ou bien que, la nature de la brebis estant fort
chaude, elle appete l'haleine froide du loup,
comme luy estant un refrigeratif et agreable.

Le loup a de grandes ruses et finesses pour attirer, surprendre et emporter sa proye, ainsi que
je l'ay aprins d'un honneste bourgeois de Laval,
qui, un jour se pourmenant avec un sien amy aux
environs de leur ville et estant sur un haut, advi-
sérent deux loups qui au travers d'une haye regardoient des brebis aux champs assistées de pastoureaux et de mastins; et, aprés les avoir considerez
comme par plusieurs fois, se regardoient l'un l'autre,
comme consultans ensemble de leurs desseins; l'un
decoche et s'en alla passer entre les brebis, sans
presque les regarder, et entre les pasteurs et mastins, qui passa outre, lequel fut vivement hué et
suivy des mastins; et l'autre, contemplant ceste
ruse et voyant les pasteurs empeschez et esloignez,
se ruë dans la bergerie, et emporte un mouton, qui
eut le loisir se tirer à quartier vers son compagnon.

Les loups font guerre aux mastins, et usent de grande ruse pour les surprendre, s'assemblent pour mieux combatre les bestes omailles; et pour mieux faire queste ils s'escartent, et le premier qui fait rencontre hurle trois ou quatre fois pour appeller ses compagnons, lesquels entendans le son y courent, comme feroient chiens de chasse entendant l'appel de leur compagnon, lesquels observeront s'il y a gens, mastins, trapuces, ou autre chose qui les peust empescher d'emporter la proye.

Quand les loups veulent combattre quelques grandes et fortes bestes, ils sont veus y user de grandes ruses et comme stratagemes de guerre : car alors que les loups les voyent advisez pour leur deffendre, et se tenir ensemble, alors ils se tiennent loing, et font descocher d'entre eux quelque jeune loup, pour aller donner l'escarmouche et attirer doucement quelque jeune et mal-advisée beste de la troupe, laquelle descochant d'une gayeté pour courir aprés, alors tous les autres loups se ruënt et campent entre elle et le gros pour les arrester, cependant qu'elle sera combatue, et venant à hennir ou bugler pour demander secours, et y voulans aller, alors tous les loups se jettent peslemesle pour les empescher, et ainsi souvent les unes sont devorées, et les autres scarifiées et bien blessées ; ou autrement, voyans les loups tels animaux ne leur esmouvoir, ains se tenir resserrez, alors ils usent d'une autre finesse : car les vieils, comme plus fins, vont rechercher de l'eau, fange ou poussiere, pour leur y veautrer, et alors s'approchent desdicts bestiaux ; et en se voulans deffendre, alors les loups leur envoyent de l'eau, fange ou poussiere dedans les yeux pour les esbloüyr, afin de mieux les pouvoir prendre et saisir à la gorge. Ce sont là quelques ruses dont ils se servent, mais il seroit comme impossible de reciter les cauteles dont ils sont remplis, selon le poëte, qui dit du renard :

Corpore quot pili, totidem sunt pectore fraudes.

Les uns neantmoins plus que les autres, ainsi qu'on les void plus grands, plus forts et furieux les uns que les autres, et selon qu'on void arriver en beaucoup d'autres animaux d'une mesme espece. Ne void-on pas mesme un levrier plus subtil que l'autre pour bien emporter son gibier? L'un sçaura recognoistre le lievre estre animal subtil et viste lorsqu'il est sur ses pieds, et sçaura bien que souvent pensant l'emporter il luy eschape : à ceste occasion arrivant à luy, de son muffle le jettera en l'air pour le saisir en tombant plustost qu'en courant. L'autre recognoistra le loùp estre trop fort pour luy pour l'abatre et saisir : partant observera l'occasion et prendra temps, le voyant occupé à se deffendre de quelque autre, pour le saisir à l'oreille

5

ou sous l'oreille, et, en sautant par dessus, le ruë par terre, pour mieux le saisir à la gorge et luy faire perdre terre, sçachant bien que lorsqu'il est sur ses pieds il luy est impossible de le tenir.

Les ours n'ont pas moindre astuce, ainsi que dit Pline, voulans combatre les taureaux, qui dit : *Ursi pugnaturi contra tauros supini jacent,* que les ours se mettent à la renverse pour mieux combatre les taureaux.

Les loups vieils conduisent les jeunes, leur donnent advertissement de leur prendre garde, soit pour surprendre les mastins, soit pour combatre les bestes, et principalement quand ils rencontrent quelque charongne de beste morte : car si les jeunes mal-advisez ou pressez de faim se precipitoient en arrivant sur une charongne, les vieils leur feront signe de leur retirer, soit en grongnant ou frappant du pied ou autres gestes, plustost en courant les iront fraper de la patte, ou grongner ou mordre, pour les oster, jusques à temps qu'ils ayent esventé, circuit et descouvert s'il y a tentes ou trapuces ou embuscades.

Je reciteray encores ceste histoire arrivée depuis vingt ans en la maison de Nostre-Dame du Parc de Chartreuse, prés de nous deux lieuës, pour demonstrer comme les loups ont comme un jugement et advis à la necessité, que je diray estre comme un sixiesme sens, au lieu de la raison. C'est qu'un

loup estant un soir prés le pont et porte de ladite
maison, en bon appetit, d'où entendant cacarder
des oyes au dedans, il resolut d'y entrer, ce qu'il
fit en l'ombre d'une charrette chargée de foin (autrement il luy estoit impossible y ayant tousjours
portiers) : donc, il parvint jusques en la seconde
court où estoient les oyes. Or, le foin entré et les
bœufs tirez hors, les portes et pont furent clos, en
sorte qu'il demeura enfermé, mangea deux oyes,
et en enterra quatorze vives, leur laissant la teste
hors. Je relaisse les pensées qu'il eut toute la nuict
entendant sonner matines, et combien les freres et
serviteurs furent estonnez le trouvans au bon matin
couché et comme prosterné à la grande porte de
l'eglise. Dieu sçait comme il fut vené de personnes
et mastins à portes closes, où chacun concluoit sa
mort, et neantmoins se sauva victorieux, car il en-
tra dedans l'escallier d'un pavillon, où au hault
trouvant une fenestre qui regardoit sur les fossés,
par laquelle il se precipita dans iceux, qu'il passa
fort bien estans pleins d'eau, sans paier son souper,
giste ny battelier.

Je serois trop prolixe, si je m'arrestois à reciter
davantage de leurs ruses et finesses tant diverses,
dont ils usent à l'endroit des bestes, soit au tect ou
pasturage, dont Virgile a dit :

Triste lupus stabulis.....

Pour naviguer et passer les grands fleuves ou rivieres, ils y ont finesse aussi bien que les cerfs qui supportent la teste des uns des autres sur la croupe, selon le poëte :

Cum tranant fluvios, imponit clunibus alter
Alterius caput, et fesso succedit eorum
Qui propior fuerit natu atque ætate priori.

Autant en dit-il des loups, qu'ils s'entreprennent à la queuë les uns des autres, le plus fort allant devant :

Et cum prætereunt currentia flumina multi,
Fortior est reliquis dux. Caudam mordicus illi
Pone sequens tenet ore : lupis hic omnibus ordo.

Il dit davantage :

..... *Mens impia sævis*
Atque cruenta lupis.....
. . . .
Perfusi pecudum cæsarum sanguine gaudent.

Qu'ils s'esjoüissent fort d'avoir massacré et estranglé grand nombre d'animaux et de voir grande quantité de sang.

CHAPITRE VII

Des chaleurs du loup, et comme il n'en est plus grand nombre.

L A bonté de Dieu envers l'homme se recognoist grande de jour en autre, quand nous voions qu'il multiplie en grand nombre les animaux qui luy sont de service, et diminuë ceux qui sont veneneux, nuisibles et dommageables.

On le void és serpents, viperes et autres animaux nuisibles de diverses especes, et entre autres és loups qui seroient en beaucoup plus grand nombre, si n'estoit la divine Providence, par laquelle il dispose de tout benignement. Ainsi Dieu commanda que les bestes mundes entrassent dans l'arche sept à sept, et les immundes deux à deux (*Genes.*, 7). Car nous voyons les louves à la façon des chiennes concevoir, porter, allaicter et nourrir, ainsi et en nombre que font les chiennes.

Or, pour empescher leur multiplication, il faut sçavoir, selon que dit Isidore, *lupi toto anno non amplius quam* 12 *diebus coeunt,* que les loups ne

s'acouplent en leurs chaleurs que 12 jours de temps
par chacun an, et selon le poëte :

Est coitus meta his bis sex concessa dierum.

Or, je dis que c'est és mois de janvier ou fevrier
selon que les histoires le vont demonstrer, lesquelles chaleurs leur advancent ou retardent, selon
le climat chaud ou froid, ou le printemps s'avance
ou retarde, ou mieux selon le signe qui domine sur
eux. Je diray que j'en ay pris trois à la fois à la
chasse des poches au commencement du mois
de mars, dont y avoit une louve qui avoit encores
la matrice fort enflée, qui donnoit à cognoistre
qu'elle estoit en ses chaleurs ou n'estoient passées
que depuis peu de temps. Et en l'an 1611, le dernier jour de l'an, il fut trouvé cinq loups au bon
matin au lieu de la verrerie de Chemire en
Charnie, prés Estival, dont le maistre dudit lieu,
s'approchant, d'un baston frapa sur un masle qui
estoit couplé de telle force qu'il le tua, et fut
apporté mort au village, et la louve se decouplant
fuit avec les autres, qui fait cognoistre qu'ils s'accouplent ainsi que les chiens, tantost plustost, tantost plus tard, selon le poëte :

Ver ubi dispellit nubes, et purior æther
Deducit sine fece dies, in pectore flammas
Concipiunt, et more canum junguntur. In unum
Conveniunt, quos cogit amor Venerisque cupido.

Si la louve s'acouple en ses amours à un ou
plusieurs mâles, c'est une question problematique :
car, voiant les louves en chaleur estre suivies de
grand nombre d'autres loups, *unam multa lupam
sequitur turba,* semble estre à la façon des chiennes,
et qu'elles en admettent plusieurs. Joint aussi
qu'Isidore appelle une paillarde *louve,* pour autant
qu'elle ravit et attire à soy par ses lubriques amours
(ainsi que la louve par ses chaleurs) grand nombre
d'abestis amoureux. Lesquelles raisons pourroient
persuader à plusieurs que la louve recevroit l'ac-
couplement de plusieurs masles en ses amours.
Mais je diray autres raisons qui me font croire le
contraire : c'est que nous voyons en la nature de
plusieurs bestes et oiseaux, dont les femelles en
leurs chaleurs ou amours n'admettent que un seul
masle à la copulation, qu'aprés ils ne s'entre-
quittent, ains s'ayment, se cherissent, secourent,
et, qui plus est, le masle (comme s'il avoit jugement)
est veu recognoistre les petits estre à luy, d'autant
qu'il les ayme, les cherit, les nourrit et defend,
ainsi que la propre mere. Et voyant le loup et la
louve se comporter en ceste façon me fait croire
qu'elle n'en admet qu'un à la copulation, quoy
qu'on die que jamais loup ne veid son pere, voulant dire qu'estant accouplé avec la louve, les autres
l'estranglent et devorent ; bien, quand son masle est
mort, elle en choisira un autre, celuy qu'elle verra

plus furieux et mieux piller les autres et en demeurer maistre.

Et, pour parler des moyens dont Dieu se sert comme de causes secondes pour diminuër le nombre de tels animaux, je trouve un dictum sorty des anciens estre veritable, qui dit que les jeunes louves ne portent point pendant que leur mere porte et conçoit. L'on verra des femelles grandes, fortes et puissantes portant sept à huict pannes de foye, où plusieurs remarquent leur aage, qui ne demonstreront jamais avoir porté, conceu ny allaicté. Or, il faut entendre qu'aprés que la mere louve aura nourry et eslevé ses petits és buissons et petits bois, aprés elle les conduit et meine és grandes forests, pour leur faire recognoistre les lieux de refuge, là où estant les autres petits de diverses années (que la mere avoit repoussez et reculez d'elle pour faire ses petits) se r'adjoignent et marchent ensemble, comme vers le mois d'aoust, septembre et octobre, principalement lorsqu'ils ne peuvent plus recouvrer fruicts ny vermines pour se repaistre, alors ils recherchent la compagnie et comme assistance des vieils leurs peres et meres, pour autant qu'ils les sçavent plus adroits et rusez pour combattre les bestes omailles, dequoy il leur convient se repaistre : et quoy que les peres et meres aiment leurs petits, ils sont pourtant si gourmands qu'ils ne veuillent leur permettre manger avec eux qu'ils ne voyent se pouvoir saouler du plus delicat, et ne sont curieux d'abatre de la proye, sinon quand ils ont faim, tellement qu'on void souvent les petits jeusner où les grands sont saouls.

Or, le temps des chaleurs arrivant, comme nous avons dit, toutes louves seroient propres pour y entrer, sinon que les meres, comme estans mieux nourries et du plus delicat des bestes qu'elles abattent, et par l'accoustumance d'entrer en telles chaleurs, elles viennent à preceder les jeunes et y entrer les premieres ; et y estant alors, tous les petits masles et femelles attirez et pris et transportez de cét odeur venerienne suivent la mere quelque part qu'elle aille, et ne se soucient de boire ny manger (combien qu'ils ne s'accouplent à la mere, comme avons dit, car le masle furieux les estrangleroit), mais bien courent aprés la mere durant le temps de ses chaleurs, qui durent à l'environ de douze à quinze jours, tellement qu'ils demeurent à la fin harassés, las et fameliques, tellement qu'ils n'ont aprés autre desir sinon de chercher dequoy se repaistre : et ainsi, le temps des douze jours pour entrer en chaleur estant passé, Dieu ne permet pas qu'ils y puissent entrer en autre saison de l'an aprés, ce qui faict que le nombre en est petit.

C'est donc ainsi, à mon jugement, que Dieu

par sa bonté rend le nombre des loups petit, comme des viperes et autres serpents nuisibles. Ils font leurs petits aprés le coït, au bout de soixante jours; et où l'air se trouve clair et temperé (s'ils ne sont occis) peuvent vivre quarante ans, selon le poëte :

> ..... *Triginta diebus*
> *Bis actis alii referunt hos edere partus.*
> . . . .
> *Est ubi temperies cœli jucunda, virorum*
> *Ni cadat insidiis lupus, hinc sunt tempora vitæ*
> *Longa : octo fertur vivendo vincere lustra.*

LIVRE II

POUR PRENDRE LES LOUPS

PAR LA CAMPAGNE

CHAPITRE PREMIER

LA première et principale chasse de la campagne se fera avec les poches, la forme de laquelle nous déduirons le plus amplement qu'il nous sera possible.

Nous appellons poches, à la différence des pochettes à liévres et renards pour raison de leur grandeur : car il faut qu'elles ayent ordinairement deux brasses de long, et pour les faire faut prendre du plus fort chanvre (masle ou femelle) qu'on puisse recouvrer, qu'il faut escorcher avec un couteau de bois, et le passer par dessus un gros serend ou autrement, pour en oster la bourre qu'il n'y faut aucunement employer.

Aprés faut en faire de bonnes et droites fiscelles ou cordelettes à trois cordons, qui ne soit trop molle, car elle seroit moins forte, ny trop dure, d'autant qu'elle seroit trop difficile à faire seicher une fois estant moüillée.

La grosseur sera de veuë suffisante, quand la livre contiendra à l'environ de vingt-cinq à trente brasses de long, revenant à la grosseur du tuyau d'une plume d'oye : il faut faire autre fiscelle plus grosse de moitié pour servir à faire maistres.

Pour faire lesdites poches faut les enlever de quinze à seize mailles, en faisant un accroissement d'une maille à chacun des trois premiers rangs, et diminuer autant devers la fin, tellement que faisant trente deux ou trente trois tours rendront seize mailles, qui donneront deux brasses de longueur.

Faut avoir une aiguille semblable à celle des laceurs, qui soit longue à l'environ de deux pieds, et qui soit prés de quatre doigts de large : sera bon d'observer qu'en faisant lesdites fiscelles qu'elles soient de longueur suffisante pour parfaire un tour entier de ladite poche, sans plus ne moins, et se puissent enfiler dans ladicte esguille, afin de ne faire neuds dans ladicte poche, sinon aux bouts et extremitez.

Faut que le moule soit d'un aiscet, et soit de longueur d'un dour, c'est à dire deux doigts moins de demy pied, ce qui fera les mailles d'un dour en quarré.

Il faut lacer à deux fois, et puis, ayant finy chacun tour, il faut tirer chacune maille avec un petit bois, afin de mieux fermer chacun neud, pour qu'il ne demeure aucune maille coulante, autrement il arriveroit souvent que deux mailles se trouveroient en une.

L'on peut faire poches plus grandes et longues, selon qu'on y adjoustera de mailles au bout desdites poches; l'on y peut faire des boucles ainsi qu'aux pochettes à liévre et renard.

L'on peut faire aussi quelque petite piece de trois, quatre, cinq à six brasses pour tendre en chariere ou au travers des chemins, qu'on enlevera de dix huict ou dix neuf mailles, sans y escroistre ou diminuër, au bout desquelles on pourra coupler quatre à cinq mailles, commençant au milieu desdits bouts : ce qui servira comme d'un culet pour empescher qu'un loup ne se coule au long desdites pieces.

Faudra poser deux maistres à chacune desdites pieces, les bouts desquels s'attacheront aux hayes des deux costez.

Pour oster le vent et odeur desdites poches et pieces, afin que le loup n'en sente l'odeur, faut

prendre du fient dedans l'estable des moutons, et
le mettre dans une auge ou autre vaisseau avec de
l'eau, et puis, l'ayant detrempé et lavé, faut poser
lesdites poches et filets tremper vingt-quatre
heures dans ladite eau, et puis les laisser seicher
non à une trop grande ardeur du soleil, et tousjours
les reposer à perches ou crochets au vent et à l'air,
se prenant garde des rats et vermines.

POINCT II

Pour dresser les tentes, et ce qu'il y faut observer,
et pour tendre les poches.

Premier que de proceder à dresser et faire les
tentes, il convient y considerer et observer beaucoup de choses. Faut sçavoir que, arrivant l'esté,
les loups ne demeurent gueres dans les bois pour
beaucoup de raisons, ains ils s'égayent par la
campagne; et entre plusieurs bois faut choisir celuy qu'on void le plus chanceux aux loups pour y
hanter et faire sejour : car il est certain qu'ils hantent plus les uns que les autres, tantost pour l'air
et situation d'iceux, pour les commoditez qu'ils y
trouvent, ou pour estre sur leurs passages; et puis
faut choisir esquels le hu et tentes se pourront
faire plus commodement; en aprés faut observer

leurs entrées et sorties ordinaires et acoustumées, et la part où ils tendront leur en aller estans huez : car d'un bois ils tendent leur en aller en un autre plus grand, voire estant esloigné.

Il est certain que sept à huict personnes feront sortir le loup du bois et s'en aller par où il tend et a accoustumé s'en aller, plustost que trente ne le forceront d'aller là où il ne pretend pas aller.

Il faut donc voir en ces sentiers où il y aura hayes bonnes et commodité de tendre. Que si elles ne sont bonnes, convient les fortifier : le creux du fossé de la part que vient le loup sert d'une grande fortification.

Il ne faut jamais former sa tente dans la haye du bois mesme d'où sort le loup, d'autant qu'il ne quitte le fort qu'il n'évente et descouvre, et, recognoissant tentes ou trapuces, rebrossera, et plustost se fera tuer que de sortir par là ; mais les tentes seront bonnes és hayes esloignées dudit bois de dix, vingt, cinquante, cent, deux cens, trois cents, quatre cents pas, loing du bois, et faut que lesdites hayes et tentes se trouvent, s'il est possible, en recroc. S'il s'y rencontre quelque petit chemin ou sentier, faut fortifier les hayes des deux costez quinze ou vingt pas de long, pour y poser au travers quelque petite piece de filets, laissant esdites hayes musses et passages pour y tendre poches. Dans lesquelles tentes et hayes il faut y former musses et passages de deux à trois pieds de large, et autant de haut, és endroits et advenuës où l'on jugera les loups plustost devoir arriver; et ne faut laisser esdites musses et passages aucune chose qui puisse donner défy au loup.

Faut que les hayes soient de cinq à six pieds de hauteur, assez fortes et espaisses par en bas, et faut tousjours tenir les espines et bois plustost debout que couchés.

Faut tendre lesdites poches et les eslever avec sion de bois, mettant dedans lesdites musses ou passages quelques ombrages ou déguisement au-devant desdites poches, et dessus le bas. Faut attacher les maistres desdictes poches et filets, plutost haut que bas, à petits sions ou espines grosses comme le petit doigt, qui plient et obeissent moyennant qu'ils ne se fendent ou arrachent aisement; et faut bien se prendre garde d'acrocher la-dicte poche à rien de ferme, car cela l'empescheroit promptement de tomber et se fermer, comme à semblable ne faut laisser dans la musse ny auprés eschats ou troncs à quoy ladicte poche puisse approcher, car cela la feroit rompre ou empescher de fermer.

Attachant les maistres, faut les entourrer deux fois autour du sion et puis lacer en la coulant.

POINCT III

Pour descouvrir quand le loup sera dans le bois.

Pour n'aller à la chasse en faute, s'il est possible, faut premierement avoir donné charge d'advertir, lorsqu'on aura veu entrer le loup dans le bois, et en donner advis, ou bien y observer les circonstances apparentes, comme de remarquer à la piste, tantost en l'eau, poussiere, sablon, fange, rosée, griffe, piste, neige, terre fraische ou gelée, soit à l'entrée ou sortie, cry des oyseaux, ou abboys des mastins.

POINCT IV

Des gardes autour du bois arrivant.

Aprés que le commis ou conducteur de la chasse aura eu advis y avoir loups dedans les bois, alors il pourra faire donner le signal ou advertissement, par son de cloche ou autrement, au peuple de se ranger autour du bois, en nombre, selon que sera l'estenduë du bois.

Les premiers arrivans se poseront en garde, principallement quand le bois sera petit, d'autant

7

que le loup y faict moins de demeure, s'il n'y est
gardé, ou s'il n'est saoul ou n'a de la proye : lesquels se poseront assés loing du bois, et neantmoins se poseront visibles du bois, leur tenant au
droict des entrées ou sorties plus patentes, et en
leur pourmenant les uns vers les autres eslongnés
voire de plus de cent pas du taillis, et ainsi chacun
arrivant se posera en degré et ordre, en attendant
que les poches seront tenduës, et gardes en nombre
suffisant.

POINCT V

Autres gardes en façon d'alliers.

Aprés qu'on aura disposé les tentes ainsi
qu'avons dict, si la tente est eslongnée du bois il
sera necessaire poser gardes qui soient bien advisées, qui soient en forme d'alliers en commençant
au bout du bois, et se rendant au commencement
des hayes fortifiées, qui empescheront les loups de
s'escarter, si, aprés estre sortis, ils n'alloient droict
aux tentes ; mais il faut qu'elles soient posées de
telle façon que les loups estans prés sortir du bois
ne les puissent adviser ny en sortant du bois, ny
mesmes allant aux tentes, sinon en outrepassant
lesdictes gardes, et ainsi il faut qu'elles soient ca-

chées du costé du bois; et, voyant les loups passer,
il ne faut qu'ils les huent ny crient, bien qu'elles
se mouvent un peu, voyant les loups outrepassez
pour leur oster deffy d'ambuscade, ainsi que s'ils fai-
soient quelque besogne, afin qu'autres loups voulans sortir tel bruit ou mouvement ne les empesche.
Et s'il y avoit un long cours du bois jusques aux
tentes, seroit bon poser quelque garde bien ad-
visée comme à moytié chemin entre les bois et les
tentes, qui soit bien ombragée et cachée, laquelle
voyant quelque loup outrepassé entre luy et les
tentes, qui fust rusé et fin (comme il s'en trouve)
qui allast sentans les poches, alors qu'il sera outrepassé luy pourra jetter quelque baston, ou se mouvoir pour l'advancer, en prenant bien garde de se
paroistre à d'autres qui descendroient du bois ou
qui voudroient sortir. Car, ou le bois est grand ou
long, tant que le loup approchant de la tente ne
puisse ouyr le bruit du hu, ou bien le vent estant
contraire une telle garde sera bonne pour le presser
d'entrer, joinct aussi que ce sera un moyen d'empescher de prendre aucunes bestes de venaison où
il s'en trouveroit, d'autant que telles gardes voyans
et observans quand elles sortiroient en se levant et
monstrant au-devant d'elles, alors elles rebrousse-
ront et fuiront des tentes.

POINCT VI

Du hu et forme de le faire.

Aprés avoir disposé tentes et gardes comme avons dict, alors faut commencer le hu, auquel faut proceder en forme de croissant ou demy rond; et à mesure qu'on procedera faut que partie des gardes posées au costé du bois s'adjoignent avec le hu, et partie aux autres gardes, pour renforcer és lieux où on voyroit danger que le loup peut eschapper, et ainsi de degré en degré et de lieu en lieu, et tousjours mieux vers la fin.

Ne faut faillir de fouiller les buissons et bocages du bois où l'on fera le hu, car les loups y estans couchez ou cachez souventefois laisseront passer le hu pour rebrousser et leur eschaper par derriere ; sera bon és petits bois de sept, huict, dix ou douze arpens, hucher hault par intervalles, et autres respondent premier que d'entrer dedans, d'autant que tel bruict l'esveille et faict lever et advancer plutost que d'entrer trop promptement : car, s'ils sont proches de l'entrée, laisseront passer le hu.

Les bois en rond ne sont si commodes à faire hu comme ceux qui sont en long.

POINCT VII

Comme il n'y faut chiens, armes ny chevaux.

Les chevaux n'y sont necessaires, d'autant que les loups, en les entendant hennir, faire bruict des pieds, ou sentant l'odeur de l'escurie, ils se defient, ceux-là principallement qui auroient estés autrefois chassés et mis en cours. Ils n'y sont donc necessaires, si n'estoit au hu au costé ou aisles et à contrevent.

Les armes n'y sont aussi necessaires, principallement vers les tentes ny à la sortie du bois, d'autant que le loup les pouroit eventer; et, si l'on tire un loup en courant, sera hasart si on le tuë, voire si on le frappe; que s'il rentre dans le bois, difficillement reviendra-il ou rebroussera; que s'il advance vers les tentes ou gardes, il passera ou se precipitera sans regarder par quel endroit et sans chercher passage, et s'ils ne pourront les gardes l'empescher de passer. Que si on le tire au costé du bois, il traversera et faussera les gardes.

Mais quelques armes seront bonnes au commencement du hus, pour en tirer par intervalle de temps en divers endroicts, où l'on pourroit juger les loups vouloir sortir plutost qu'aller aux tentes, comme sont pistoles et boistes pour faire grand bruit.

Les chiens n'y sont aussi guere necessaires, d'autant qu'arrivans de divers lieux et ne se cognoissans ils s'entrepillent au lieu de chasser les loups ; ou bien, entrans dedans le bois, courent quelquefois jusques à l'autre bout, et l'un tantost suivra un lievre, l'autre le lapreau, l'autre le renard, tellement qu'un tel bruit fera sortir les loups par où on ne voudroit pas. Que si un chien poursuit un loup furieusement jusques aux tentes, il le pressera quelquefois de sorte qu'il le fera fausser les hayes pour n'avoir loisir de chercher passage, et le chien ne pouvant passer aprés ira se precipiter dans une poche, qui la rompera plus que ne feroient six loups y entrans les uns aprés les autres, et s'il sera beaucoup difficille de l'oster de dedans ; et ainsi tel bruit qu'il y conviendra faire fera rebrousser les autres loups du bois et les empeschera venir vers les tentes. D'autres chiens ameneront le loup vers le hu, et ainsi le feront rebrousser ou sortir à costé. Mais bien un petit matineau dressé à chasser le loup, ny trop fort, ny hardy, qui le sentira seullement, descouvrira ou aboira, il sera bon pour preceder le hu, afin de l'empescher de demeurer dans quelques haliers, ains le fera marcher et donnera advis aux gardes de se tenir en ordre.

Davantage, faut marcher lentement au hu, principallement aprés avoir passé le milieu du bois:
car le plus grand danger est vers la fin, d'autant
que les loups rusés et qui ont esté chassés craignent
de sortir pensant qu'il y aye toujours gardes ou
ambuscades, chiens ou filets, pour l'avoir experi-
menté; et partant est bon d'advertir ceux des en-
vyrons du bois où on fera le hu de tenir ou
enfermer leurs chiens à l'heure du hu, d'autant que
souvent, entendant le bruit du hu, ils y accourrent
et y arrivent à rebour, se precipitent dans les poches ou filets, ce qui faict faillir le hu.

POINCT VIII

Des gardes aux poches.

Premier que de commencer le hu, faut avoir
disposé toutes les gardes et en avoir ordonné
quelques-unes aux poches, qui soient fort advisées
et hardies, qui ayent à la main broc ou fourche de
fer assés larges pour passer au col du loup, et
qu'elles ayent quelques petites cordelettes. Faut
qu'elles soient du costé des poches et non au droict,
assés esloignées de la tente, ombragées et couvertes
en sorte que le loup entrant dedans la poche ne
les puisse adviser. Deux ou trois gardes suffiront à

cinq ou six poches moyennant qu'elles s'entre-
voient, entendent et puissent passer les unes aux
autres; et voyant le loup dedans la poche ne feront
aucun bruict, mais bien s'entradvertiront et secour-
ront.

POINCT IX

Pour prendre le loup vif.

Je suis et seray tousjours de ceste opinion qu'il
est plus expediant prendre le loup vif qu'en le
prenant le tuer sur la place, pour beaucoup de
raisons, quoyqu'il soit tousjours expediant conclure
à sa mort, comme beste trop pernicieuse : premierement, pour autant que l'effusion du sang en-
cline l'homme à meurtre et cruauté, ainsi qu'avons
cy devant demonstré. L'on veoit les elephans entrer
en furie en leur monstrant du sang ou seulement
couleur rouge, comme il se list és batailles
anciennes : ainsi veoit-on les hommes comme
changer de nature voyans du meurtre ou entendans
le son du tembour, clairons ou trompettes, à l'heure
d'une bataille, alors on voit comme ils n'espargnent
leur vie, ne craignent aucun danger, où auparavant
ils estoient couards.

Plusieurs bons veneurs affermeront n'estre chance
de tuer le gibier en le prenant, et ne le voudroient

faire s'il leur estoit possible, mais difficilement en donnent-ils raison. Je diray que c'est à cause qu'il n'y a si petit animal au monde qui naturellement ne puisse observer le mal qu'on fait à son compagnon ou semblable, ce qui le fait fuir et prendre garde à luy; et ayant recognu la mort ou playe de son compagnon, alors il se prent garde, s'enfuit et donne signal aux autres : les bons veneurs le sçavent trop bien.

Davantage, il y a plus grand danger de tuer quelque animal que de le prendre vif, d'autant qu'il n'en est si petit qui pour deffendre sa vie n'estende et employe toutes ses forces furieuses ou veneneuses, où est le danger.

Le loup, entre autres bestes, en mourant ou se sentant frappé à la mort est veu entrer en rage et furie, et si ne taschera point tant à s'eschaper comme à devorer celuy qui l'aura offencé ou qui se mettra en devoir de le tuer; ou au contraire, ne voulant que le prendre et le lier, ainsi il tasche le plus à s'eschapper. Davantage, le prenant vif encourage les veneurs, et leur sert comme d'une curée aux chiens; et, lorsqu'on en aura prins un ou deux d'une troupe, le reste s'arrestera beaucoup de jours à rechercher leurs compagnons, qui sera un moyen de les prendre; ou, au contraire, ayant recogneu et senty le sang de leur compagnon, ils en deviennent plus furieux, se prennent garde et s'esloignent.

8

Le loup estant dans une poche, alors il se lance
et se precipite, tantost par terre, tantost en haut :
les gardes y arrivants, faut qu'ils observent lorsqu'il sera à la renverse ou autrement que sur ses
pieds, et alors la garde l'y posant son broc ou
fourche de fer au col pour le tenir serré contre
terre, puis une autre garde luy pourra prendre les
deux pieds de derriere, pour les lier avec une cordelette, et puis les deux de devant de mesme, et
puis les quatre ensemble, sans y comprendre la poche, et puis le ballonneront à la façon d'un renard,
s'ils n'ont engins de fer propres. Que s'ils l'ataquent
estant sur ses pieds, il fait de grands efforts, et une
garde ne sçauroit le tenir s'il ne le tuoit à
l'heure.

POINCT X

*Pour attirer les loups dans quelques petits bois et
faire sortir de plus grands avec carnage pour les
prendre avec poches.*

Où il se trouveroit commodité d'un petit bois
ou bocage proche d'un plus grand où il y ayt
hayes fortes et distans entre deux, alors on peut
par trainées attirer les loups du grand bois à venir
manger carnages qu'on leur posera au-dessus du

petit bois ou à l'entrée d'iceluy, et non du costé des tentes; alors on fortifiera les hayes et tentes entre les deux, et au bon matin on ira tendre les poches si l'on apperçoit qu'ils ayent mangé du carnage : car ils seront encores au bon matin dedans le petit bois, et alors tant soit peu de bruit, comme du tambour ou trompe à chien, les fera promptement sortir pour leur en aller dedans le grand bois ou forest.

CHAPITRE II

Du trictract sans armes.

Pour oster les loups de la campagne, il m'a semblé bon de poser une façon de trictract sans armes, qui se fera sans grand nombre de personnes, par lequel l'on pourra prendre loups, renards, et nulle autre beste, qui ne voudra.

Le trictract et charivary sont deux chasses recentement trouvées : car elles ont esté ignorées des anciens qui leur eussent donné un nom convenable; mais elles ne le remportent, sinon que du son qu'on y faict.

Encores que le charivary qu'on faict aux pies et

ramiers ne soit à nostre propos, je ne laisseray neantmoins d'en dire ce petit mot en passant.

L'on faict le charivary avec feu et instrumens. Le feu se fait pour choisir le gibier et pour l'esblouïr, et le bruit pour les endormir et assourdir, afin qu'en les tirant ils ne puissent entendre le son ou bruit de l'arme. Le son du charivary doit estre doux et resonnant, pour endormir et assopir le gibier, continuel et sans interrompre, comme seroient tambours, poisles et autres instrumens resonnans, et non pas durs et rudes, et excitans ni interrompus. Faut continuer le son et bruit sous le vent qui tendent droict à l'oreille du gibbier, et non le porter allieurs.

Le feu n'est bon faict de paille, d'autant que souvent il faict fumée, et, le pigeon estant bas, elle l'excite et faict partir, d'autant qu'il hayt la fumée; et estant soubs le vent, pour luy envoyer le bruit du charivary facillement, la fumée parvient à luy, qui l'esmeut et faict partir.

Davantage, le feu faict avec paille faict veoir aux ramiers les personnes et leurs gestes, ce qui les faict partir et voller, sinon qu'une nuict grandement obscure ou froidure vehemente ne les retiennent. Et pourtant je diray estre meilleur leur donner feu clair dans muy ou boisseau, à la façon qu'on le donne aux perdrix et beccasses, afin qu'ils ne puissent nullement veoir les personnes; et pour mieux les pouvoir choisir, l'on peut faire feu clair et le suspendre avec une vergette de fer dans le boisseau pour pouvoir esclairer hault et bas, et le peut on hausser et eslever à suffire avec perches ou autres instruments; et ainsi je dy que le bruit sans interrompre, doux et resonnant, faict sous le vent avec feu clair, qui ne faict voir aucune personne, est un moyen de tuër beaucoup de ramiers.

Mais pour le trictract convient le faire autrement, d'autant qu'il faut que le son ou bruit ne soit que par intervalle, dur et rude, pour exciter, mouvoir et faire lever du giste le gibbier.

Je ne treuve les armes y estre tant propres, principalement pour le hazard et danger.

1. Pour autant que le gibier peut esvanter, appercevoir ou descouvrir l'homme ou l'arme.

2. Le gibbier, entendant le son de l'arme, pourra rebrosser.

3. L'arquebusier mal advisé, ou trop hastif, pourra tirer un gibbier qu'il ne frappera pas, ou le frappant ne l'aura pas, et ainsi fera faillir.

4. Un envieux et meschant cherchant voye de se venger pourra se servir de ceste occasion, en se posant en ambuscade pour tuër son ennemy sans estre veu, apperceu, ny recognu, comme il m'a esté recité par personnes d'honneur et dignes de foy estre advenu tel accident d'un honneste homme

qui fut tué estant dans son ambuscade, en laquelle
il fut deux jours premier qu'estre trouvé, et ne
peut on descouvrir qui avoit faict le coup, et infinis
autres dangers.

Premier, pour suppleer au grand nombre de personnes qu'il conviendroit y avoir, trois à quatre
personnes pourront suppleer au nombre de plus de
vingt, quand ils porteront chacun un instrument
comme des reveille-matins. C'est un instrument
ayant comme un petit arbre de moulin, garny de
deux à trois chevilles traversantes et outrepassantes
ledit arbre, comme à l'environ de deux doigts, mi-
parties et eslognées les unes des autres, si bien
qu'en tournant ledit arbre avec un aneil, ainsi
qu'une broche ou vielle, et estant attaché au bout
de l'essette ou casse qu'on puisse porter sous l'ais-
selle et sous le bras gauche, y ayant trois à quatre
lattes attachées par un bout dessus, si bien qu'en
tournant ledit arbre elles seront levées par lesdites
chevilles, tomberont et frapperont sur une petite
aissette, ce qui fera grand bruit, et encores davantage attachant aux lattes de petites chevilles en
forme de marteaux qui frapperont sur le dessous
d'une poisle à queuë qui sera attachée au dessous.
Tel bruit excitera et esmouvera grandement tout
gibier à partir, un plus que ne feroient dix personnes avec cailloux.

Mais en procedant il ne faut aller droict, ains

traverser et aller les uns vers les autres, autrement le gibier pourroit demeurer entre-deux.

Or, pour prendre les loups, renards et autres gibiers qu'on voudra, il convient y observer beaucoup de choses.

Premierement, les sorties ordinaires avec les endroicts où l'on jugera le gibier tendre à s'en aller, comme sont forts et bocages.

2. Pour dresser les tentes plus commodes, faut qu'elles se treuvent plus ordinairement à contrevent du haut et bas, d'autant que ce sont les vents plus chanseux, soit à la chasse, soit à la pesche.

3. Faut observer s'il y a quelques champs de terre ou quelque chemin qui soit clos et garni de bonnes hayes, principalement par le bas, comme avons dict aux tentes des poches ; lesquels champs ou chemin soient distans de deux ou trois cents pas du bois ou fort où l'on fera le trictract, encores qu'il n'y eust hayes ny autres commoditez entre deux pour les y conduire, fust au travers de landes, prairies, ou campagnes descloses, l'on pourra conduire et faire entrer le gibier dans ledit champ ou chemin.

Pour ce faire, faut prendre nombre de petits picquets, qui soient garnis ou ayent de petits fourcherons ou crochets : le premier fourcheron de chacun picquet estant fisché en terre sera hault, eslevé de terre, d'un demy pied quatre doigts, et un second fourcheron sera hault au dessus du premier

de deux pieds, qui seroit à l'environ de deux pieds et
demy quatre doigts hault de terre, et puis l'on posera
fiscelles sur chacun fourcheron de pareille longueur
que sera distant le fort ou bois jusques ausdits champs
ou chemin, les attachant chacune aux deux coings
du bois, leur rendant en forme d'alliers non trop
prés ou proche de l'ouverture du champ ou chemin,
lesquelles fiscelles seront posées, premierement sur
les plus bas fourcherons des picquets, et puis sur
les haults, et ainsi de chacun costé, ausquelles
fiscelles l'on attachera des plumes mi-parties loin
de brasse en brasse, que le vent pourra aysément
faire mouvoir, en entremeslant quelques sonnettes
ou gresillons, qui pourront faire bruit par le moyen
desdites plumes et du vent. Davantage, estant lesdites fiscelles pliées, sera bon les passer par la fumée
faicte avec soulphre et poudre à canon, car telle
odeur repoussera fort le gibier ; mais ne faut chasser
à contrevent, car tel odeur et bruit pourroit faire
escarter le gibier. Et qui voudra empescher les
bestes de venaison (sortant du bois) d'entrer és
tentes pour estre prises, l'on pourra poser sentinelles ombragées à my-chemin, lesquelles les
voyant venir, en se levant et paroissant au devant,
les feront facilement rebrousser et escarter.

Or, pour faire bien tel trictract, trois ou quatre
personnes, estans garnies de reveille-matins, son-
nent par intervalle ; et allant et venant les uns vers

les autres lentement (le tout ainsi qu'avons dict) feront marcher et sortir le gibbier droict au lieu par où l'on desire qu'il sorte ; moyennant qu'une personne de chacun costé de la haye du bois par dehors precede le hu, en frappant sur les hayes par intervalle avec un baston ou rameau, pour faire escarter, esloigner et empescher le gibbier, pour qu'il ne sorte à costé. Et pour prendre le gibbier dedans un champ ou chemin avec armes qu'on voudra, ou sans armes, faut que les hayes soient bonnes et fortifiées, principalement par le bas, esquelles hayes faut qu'il y ayt des musses, assez patentes et visibles, à lapereaux, lievres et renards, esquelles faut tendre pochettes ou collets attachez à rameaux qu'ils puissent trainer ; et pour prendre le loup faut luy dresser quelques musses en hault ou vollée qui ne soient accessibles aux lievres ou renards, d'autant que tels gibbiers outrepasseroient les poches à loups, lesquelles il faut tendre comme avons dict cy-dessus ; ou peut-on dresser une fosse tournoyée, de mesme façon que nous dirons au carnage, qui suffira pour toutes tentes. Faut que l'entrée du chemin ou du champ soit grande comme à passer bœufs et charette, et que les fiscelles susdites ne se rendent pas trop proches de l'entrée : et c'est ainsi que le trictract se pourra faire sans grand nombre de personnes, et sans armes.

CHAPITRE III

Pieges pour plus facillement prendre loups et renards.

L E piege est une subtile invention pour prendre beaucoup de sortes de bestes, principalement celles qui ont le pied rond portant ongles. Un des moyens principaux pour bien pieger, c'est premierement de bien former le piege, et faut que le careau ou bois du piege soit de bois sec et de bois franc, et faut le mettre tremper vingt quatre heures en eau claire ou courante ; et sur le volet faut poser un petit bois qu'ils appellent chausse-pied, qui porte des deux bouts sur le careau au droit du thesillon, lequel fera hausser la corde (la perche desbandant) pour serrer le pied par plus hault.

Il faut former le piege ez voyes ou sentiers, par où on voit que les bestes marchent ou pourroyent marcher, ez endroicts où elles hantent, comme aux environs d'où elles se reposent le jour, d'autant que soir ou matin elles y approcheront, ou bien ez endroicts où on les pourra attirer avec trainées, non toutesfois trop prés de leur giste.

Or, pour autant que bandant les perches du

piege à loups, qui sont fortes et roides, il y convient avoir de grande force, et par ainsi se poser par terre, souffler, cracher, et autres choses, que les loups et renards fins sentent et descouvrent. A ceste occasion seroit à propos trouver moyen bander plus aysément telles perches, ce qui se feroit lorsque les perches moins fortes pourroient bien tenir le loup.

Or, pour faire donc qu'une perche du piege à renard puisse tenir un loup, et une moins forte le renard, faut coucher une petite gaullette sous le bout de la perche du piege, en sorte que la perche desbande par dessus ; et en peut-on poser un bout sous le careau, et que l'autre bout soit bien attaché ferme, dans laquelle gaullette y aura une acroche ou fourcheron, qui arrestera fermement, la perche estant desbandée, justement à l'endroit qu'il faudra avoir bien remarqué où battra la perche estant desbandéc et tenant loup ou renard par le pied soubs le carreau, en sorte que le loup ou renard ayant le pied serré dessous le carreau, de quelque force qu'il tire, ne puisse tirer le pied de dessous, à raison de ce fourcheron ou crochet qui arrestera la perche ferme justement au mesme endroit. Il est tousjours expediant tendre le piege plus dur que trop foible. Pour dire la pesanteur qu'il convient y observer, il est difficile, d'autant que les bestes (voire de mesme espece) ne sont de

pareille pesanteur; mais bien peut-on observer que
toutes bestes à quatre pieds en marchant et courant
sont portées sur deux pieds à la foys de devant ou
de derriere, ou sur l'un de devant et sur l'autre de
derriere. Et, partant, lorsqu'on tend le piege, faut
sçavoir ou presumer la pesanteur de la beste à laquelle on tend, et avoir davantage observé si elle
est grande ou petite, pour juger de sa pesanteur,
laquelle ne peut marcher sur le piege que d'un
pied à la fois; et, partant, c'est la moitié presque
de la pesanteur de la beste. Et faut considerer que
la beste morte pese plus que la vive.

L'on peut former pieges à loups dans l'eau où il
y ait fond comme de demy-pied, en y posant dedans
du carnage, car on pourra les attirer avec traisnées. Posant le carnage dans l'eau, faudroit l'envi-
ronner d'espines ou rameaux, en n'y laissant que
deux ou trois passées ou entrées, dedans lesquelles
faudroit poser et former les pieges, en ne laissant
que la voye où ils seroient tendus, formant la perche, au dedans et non au dehors, avec la gaulette
et acroc susdits. Et en tels passages, pour convier le
loup marcher droit sur le piege, faut poser au devant quelque petite ronce ou espine, haulte de terre
ou au dessus de l'eau demy-pied seulement, et en
poser au costé pour ne laisser que la place du volet.

L'on peut attirer loups et renards avec traisnées
de rosties faictes avec sain de porc, avec pies, cor-

neilles, chats, blereaux, charongnes de loups et renards mesme rosties, ossements de poulailles et oyseaux, avec gresse d'oye; et pour plus les affriander l'on peut mettre dessus sucre et miel, et quelquesfois leur donner drogues qui les facent vuider pour les mettre en plus grand appetit.

L'on peut attirer les loups avec unguents que voirez au carnage.

CHAPITRE IV

Diverses receptes pour attirer les renards aux pieges.

POUR OSTER L'ESVENT.

Il faut prendre cordes de lin fillé comme à faire ligneul, et pour l'esventer faut prendre de la cendre commune, de la fueille de laurier, du romarin, beaucoup de fueilles de saulge, qui soit grise, puis faire tout boüillir ensemble avec eau, bien un quart d'heure de temps, et de ce fil on en fera des cordes, et en tendant on les frottera avec umblette.

AUTRE RECEPTE.

Faut cordes de chambvre femelle, et les frotter avec gantelets et umblette et grenne de hyerre;

faut appaster avec mommie, galbanon, et staphisaigre de la coque de Levant, le tout mis en poudre
et fait bouillir et bien consommer ensemble, et y
posant du sain d'oye ou de porc.

AUTRE RECEPTE.

Pour esventer les cordes, faut prendre eau de
fontaine, du genet vert qui ayt le pied rouge,
l'umblette, du marochemin, de la rhue, de l'ambroise, du hyerre terrestre : faut tout faire boüillir
en un pot neuf, et consommer deux tiers, puis le
laisser froidir, et mettre lesdites cordes tremper
vingt et quatre heures, et sera bon en frotter le
piege.

AUTRE RECEPTE POUR ESVENTER EN ESTÉ.

Il faut frotter les cordes de glus de hierre, qu'on
trouvera en pelant quelque gros tronc de hyerre
ez moys de may ou juin, et en reserrant tous les
matins ce qu'il en sortira, et le poser dans une
boiste de terre, et en frotter les cordes.

AUTRE RECEPTE POUR PRENDRE RENARDS FUSTÉS.

Faut du galbanon ou du staphisaigre, de la
paste commune, qu'il faut tout fricasser; puis faut
former trois pieges en triangle, qu'il faut apaster
avec rosties faictes avec du sain de porc; et le jour

qu'on voudra tendre, faut apaster avec ladite fricassée, posant entre les pieges et non dessus.

AUTRE RECEPTE.

Faut de la sauge menuë, de l'umblette, de l'ambroise, du genest vert qui a le pied rouge, du hyerre rempant à terre, du repaire de renard, de la pourriture de chesne, et piler tout ensemble avec un peu d'eau claire; dequoy frotterez cordes et pieges, en allant tendre, avec un peu de galbanon.

POUR FAIRE APASTS.

Prenez de l'espurge, du nerprun et de l'umbellette, pilez tout ensemble, et en prenez le just, et le mettez avec vin blanc et mie de pain blanc, et en faictes une paste; puis prenez sain et miel, et fricassez tout ensemble, tant que vous en puissiez tirer un unguent, qu'on posera dans une bouëte de terre, duquel on mettera gros comme une prune dessus les rosties en les faisant.

POUR ESVENTER.

Prenez pourry de chesne, hyerre terrestre, et de la pertuisée, le tout pilé ensemble avec du genest verd, dequoy frotterez les cordes.

AUTRE RECEPTE.

J'ay bien voulu raporter icy ce que dict du Fouil-

loux pour attirer les renards. Si on prent une renarde en la saison qu'elle est en ses chaleurs, et
qu'on luy couppe la nature et chose semblable à
ce que les chastreux ostent aux chienes, et les
met-on par petites pieces en un pot neuf tout
chaudement, avec du galbanon, le tout meslé ensemble. Faut bien couvrir le pot qu'il ne s'esvente ;
et cela se pourra garder toute l'année pour faire
traisnées. Il faut prendre du cuir ou couanne de
lard, et la mettre sur le gril, et estant bien chaude
faut la traisner dans le pot susdict, puis faut faire
traisnée avec ladite couanne ; faut frotter les soul-
liers de bouze de vache ; et alors les renards suy-
vront ; et en se posant en ambuscade on les pourra
tuer ou faire precipiter en fosses tournoueres,
comme dirons cy-aprés.

———

CHAPITRE V.

Forme de fosse tournouere pour prendre renards.

L ES renards se retirent ou hantent ordinairement
és endroicts de pays, où il y aura des gibiers,
et passeront d'un endroit en un autre pour les
chercher et leur en repaistre, principalement aux

bonnes garennes de lapereaux et bien vives; et
aprés en avoir faict prendre quelque nombre dans
peu de temps, il s'i en trouvera autant et plus;
tellement que pour bien s'en deffendre je dirois
qu'il faudroit faire une fosse prés lesdites garennes,
ou saux de mesme forme et façon que nous dirons
cy-aprés, parlant des fosses tournoueres pour prendre les loups, qui ayent cinq à six pieds de long
et prés de quatre de large, profonde à suffire, et
penchante, et de la façon comme nous dirons cy-
aprés.

Or, pour les y faire entrer, faut former au-devant de la fosse un parc de sept ou huict pieds de
long ou plus, et prés autant de large, qu'il faut
clorre avec clayes et lisses bien fortes par le bas,
qui soyent de hauteur de 4 ou 5 pieds; et entre le
parc et le bord de la fosse, faut qu'il y ait une petite
lisse de hauteur de prés de deux pieds, et que les
deux bouts de la lisse soient un peu plus haults que
le milieu; et puis faut faire contre la lisse un petit
fossé d'un pied de large, et autant de creux du
costé du parc, et la petite lisse soit desguisée avec
petites ronces ou espines, qui seront sur le bout,
et non couchées, afin de ne donner rien de ferme
tant que le renard ne puisse poser les pieds pour
saulter, ce qui luy donneroit moyen d'esventer et
recognoistre la fosse, ains faut qu'il saulte d'un
plein sault par dessus le fossé et lisse.

Il faut que lesdites clayes ou lisses soient toutes deguisées de ronces par dehors et par dedans, afin que le renard n'apprehende d'entrer; et faut suspendre et laisser pendentes des espines de hault en bas, pour empescher le sault du renard par-dessus les lisses.

Faut que le bois des lisses et espines soient de bon bois, et abbatus de bonne saison et au declin de la lune, depuis octobre jusques en mars. Faudra clorre avec espines aux environs de la fosse, afin que rien n'i puisse arriver par dehors.

Or, pour luy donner entrée, faut former une carrie des bois et y poser barreaux de bois, et les former en façon d'un jallon de nasse qui soit ronde ou quarrée; les barreaux soient longs d'un pied et demy, et se finissent en faisant un goullet de demy pied d'ouverture, qui sera suffisant pour le renard y passer, laquelle carrie sera posée à l'entrée et bout du parc, et estant dressé ledit goullet sera haut de terre eslevé plus de demy pied, ou couché sur terre, n'importe.

Or, pour donner plus grande asseurance au renard d'y entrer, conviendra que le quarré ou costé qui sera vers la terre soit revestu et couvert de terre et gazon de terre, et de gazon d'herbes par dessus et au bout dudict goullet. Faut garnir par dessous et poser un bois, dans lequel y ait deux à trois clous fichez et assez longs et pointus qui se

dressent dans ledit goullet ; puis faut attacher et
faire tenir par dessus ledict jallon deux ou trois
vergettes de fer qui ayent la pointe passée par
entre les barreaux, et que la pointe se trouve dans
le goulet et opposantes au renard à ressortir ; et
faut qu'elles s'ouvrent en se haussant, en sorte
qu'elles donnent entrée au renard, et tombant facilement se trouvent opposantes à resortir du parc,
ainsi qu'on voit és goullets de ratiers de fil de fer
à prendre des rats.

Et, pour donner asseurance au renard d'entrer,
faut tout armer ledict jallon par dedans à l'entrée,
afin qu'il ne paroisse rien que des espines, et n'y
laisser rien qui luy donne deffy, faisant advancer
quelques petites ronces et pointes d'espines jusques
dans le goullet, qui neantmoins ne puissent empescher les vergettes de se hausser et rebaisser
comme avons dict. Et le faut appaster de quelques
petites bestes rosties, comme pies, corneilles, chats
ou autres animaux, qu'il faut jetter dans le parc,
et premier avec une gaulette en frotter le jallon,
et jusques dans le goullet, sans en approcher trop
prés : tellement que, faisant traisnée, qui les
voudra faire venir, ou les laissant arriver à une ga-
renne, ils auront bientost esventé et apperceu cela,
et la fosse estant tenduë et accomodée en la forme
que dirons au carnage des loups, y estant entrés
ils se precipiteront dans icelle : car, ne pouvant

aisement ressortir du parc, sauteront sur ladicte fosse par dessus la petite lice et fossé; et, pour le presser de ce faire plus promptement, faut poser quelque faux visage qui soit mis de telle façon que les renards ne l'advisent ny qu'ils le voyent qu'ils ne soient entrez dedans, lequel faux visage estant prés ledit jaillon les fera courir promptement à l'autre bout.

Or, une fois estant entrés par le moyen de l'appast et estant pressés de sortir, ayant advisé ce faux visage, promptement ils se precipiteront, voyant un saut aisé, sans avoir le temps de descouvrir qu'il y ayt fossé. Et ne s'i pourra prendre autre beste, si ce n'estoit petits chiens qui yroient chasser sans personne, ce qu'il sera aisé les empescher d'entrer dedans quand on mettra espines dans le jallon pour le clorre.

LIVRE III

POUR PRENDRE LES LOUPS

ÉS FORESTS ET DESERTS

DANS UNE FOSSE AVEC CARNAGE

CHAPITRE PREMIER

'ON voit que les forests et deserts sont aux loups forteresses et comme citadelles inexpugnables, d'autant que, les chassant par la campagne, ils se sauvent en ces lieux-là, et sçavent que dificillement les y peut-on forcer : parquoy je juge que, pour les y prendre, il est donc expedient les attirer avec le carnage qu'ils appetent, pour les faire entrer en certains champs de terre, pour les y prendre par le moyen d'une fosse tournouere.

POINCT I

La forme de la fosse tournoucre.

En eslisant un champ ou deux pour y attirer les loups d'une forest ou desert, faut y considerer et observer beaucoup de choses. Premierement, qu'on y puisse former une fosse en commodité : car il y faut observer beaucoup de circonstances neces-saires, que nous desduirons cy aprés, en l'election du champ, principallement que ce ne soit terre sablonneuse, coulante, pierreuse, ny aquatique.

Faut que la fosse ait neuf à dix pieds de lon-gueur et autant de profondeur, et de large sept à huict, ou moins. Estant profonde et explanadée, faut la vouter aux bouts et costés. Et estant expla-nadée au fond et mise au niveau, faut profonder comme d'un pied et demy ou deux pieds droict au milieu, et puis faut y faire panchant de toutes pars le fond.

POINCT II

Façon du couvercle.

Faut premierement faire une carrye de quatre pieces de bois, qui soyent de telle proportion que la gueule de la fosse ; et seroit bon la poser premierement sur terre, puis former la fosse dedans ; et faut qu'elle soit enfouye en terre, tant qu'elle ne paroisse au dessus. Pour laquelle carrye faire, faut former premierement les deux longeres, qui soient tant longues qu'elles outrepassent ladicte fosse d'un pied ou deux à chacun bout ; puis convient former les deux travers, qu'il faut entailler sans mortaiser, en sorte qu'ils surpassent les longeres d'un dour de haut, et seront plus gros ou espois de moytié que les longeres, c'est-à-dire qu'estans posés sur ladicte carrye ou longere, ils soient éminents et plus hauts prés de demy pied : car il faut qu'ils soient plus forts de bois prés de moytié que les longeres, d'autant que dans iceux les couvercles ouvriront et fermeront. Puis faut faire le couvercle de deux pieces, qui remplissent ladicte carrye, et qui puissent ouvrir et fermer dans icelle, ainsi que pourroient faire deux couvercles de coffre, ou deux petites carryes ressemblant à deux petites carryes de fenestre (qui seront parfaictes de petites ayssettes, le tout de bois assez fort) qui avec thurillons joueront, c'est-à-dire ouvriront et fermeront facillement par-dedans la fosse. Et, pour faire les deux pieces dudict couvercle, faut prendre deux pieces de bois espoisses de quatre doigts, larges de plus de demy pied, ausquelles faudra joindre et faire tenir les couvercles sur les longeres de la premiere carrye, à chacun bout desquelles faudra donc ficher un thurillon de fer, gros comme le petit doigt, qui sera fiché ou cousu sur ou à la corniere desdictes pieces, proche de chacun coing de la fosse, lequel thurillon se reposera dedans ou sur une petite couette de fer, posée ou tenant au travers susdict; et faudra que les costés du dessous desdites pieces vers la fosse ou des longeres soit rabattu, et demy en rond, pour qu'il puisse mieux tourner en ouvrant. Et le thurillon estant à chacune corniere des deux pieces, le reste donnera pesanteur pour tenir les couvercles fermez; et s'il advient que la pesanteur desdictes pieces ne les tienne ou face assés fermer, il faut y adjouster au derriere un contrepois suffisant, qui les tienne ferme, et qu'ils puissent, en pesant dessus tant soit peu, ouvrir et fermer sans accrocher à rien. Et outre, si tel contrepoix n'est suffisant, faut attacher et tenir un petit arçon de bois audict contrepois, qui sera long de deux à trois pieds, au bout duquel y aura une

cordelette ou osier tenant en terre, de telle longueur qu'on jugera lesdicts couvercles devoir ouvrir. Et tel arçon se bandera pour les empescher
(les couvercles ouvrant) s'ouvrir trop grands, ou
qu'ils ne peussent promptement se fermer, comme
arriveroit lorsque le contrepois se trouveroit droict
au dessus, ou les empeschera de se briser en ouvrant
trop fort, comme il se pourroit faire à raison de
quelques grosses et pesantes bestes qui se jetteroient
dessus. Lesquels arçons laisseront ouvrir doucement
lesdicts couvercles à la pesanteur de petites et le-
geres bestes; mais estant ouverts à suffire, et l'arçon
venant à se bander, les empeschera de rompre et
les fera refermer plus promptement, quelque pe-
sente beste qui puisse y arriver.

POINCT III

Pour desguiser la fosse.

Faut laisser quelque peu d'ouverture et distance
entre les ayssettes des couvercles, en les cousant,
tellement qu'en posant de l'herbe, fougere, genests, lande, ou briere, ou autre chose qu'on
jugera commode, par-dessus le couvercle, l'on
puisse lier avec osiers de petites gaullettes par
dessus, pour le faire tenir de rang en rang, et

recouvrant les gaulettes, qu'elles ne soyent visibles ;
et par ce moyen la fosse sera toute desguisée, tant
qu'il ne paroistra que ce qu'on mettera dessus, et,
ainsi ouvrant et fermant, tel desguisement ne tom-
bera aucunement : ou poser par dessus les ayssettes des lattes qui soient cousues sur les ayssettes
de demy pied en demy pied, y ayant quelque petite piece de bois entre les deux, c'est à dire entre
le couvercle et lattes, longue et large comme deux
doigts, pour donner jour et place de passer le desguisement entre lesdictes lattes et couvercle.

Et, afin que telle fosse ne soit prejudiciable à
personne, on pourra accrocher et faire tenir le
couvercle, qu'il ne puisse ouvrir sinon à l'heure de
la chasse, posant espines et rameaux dessus. Et,
pour oster le deffy que les loups pourroient prendre
du deguisement posé sur la fosse, il en faut par-
semer et respendre de pareil dans le champs,
chemin, et aux environs de ladicte fosse.

POINCT IV

Pour choisir un champ ou deux à mettre carnage.

Pour choisir donc un champ ou deux où poser
carnage, pour y attirer les loups des forests ou
deserts, il convient y observer plusieurs choses.

1. Premierement, qu'il y ait commodité de faire fosse, comme nous avons dict.

2. Secondement, que les champs soient choisis és endroicts proches, où hantent, passent ou repassent ordinairement les loups, où il faut noter qu'ils ayment ordinairement les costés de la forest qui sont le plus au soleil et ne sont pas trop hantez de gens ou bestes.

3. Qu'ils soient proches de leurs entrées ou sorties, pour aller et venir d'un bois ou forest dans l'autre.

4. Ils ne hanteront ou ne feront sejour és lieux aquatics, si n'est en esté, ou en necessité.

5. Faut que les champs ne soient trop esloignez de l'eau pour y aller boire.

6. Qu'ils ne soient pas trop esloignez de sentiers ou charieres procedans de la forest pour y arriver, pour avoir plus grande commodité de faire traisnée.

7. Que les vents plus frequents, comme sont le hault et bas, soient commodes pour leur porter l'odeur du carnage loing et par les lieux où ils passeront.

8. Que les hayes desdits champs soient bonnes, ou pour le moins plantées de bois ou d'espines.

9. Qu'ils contiennent chacun un ou deux journaux de terre.

En prenant deux champs, faut qu'il y ait un pe-

tit chemin entre deux, qui procede et sorte de la
forest, les hayes desquels seront fortifiées aux environs d'espines, et avec fossez par dedans le carnage,
et non les hayes d'entre la forest et les champs,
ny entre les champs et le chemin d'entre deux,
pour leur laisser passages et arrivées pour aller des
uns és autres, ce qui leur donnera grande asseurance
d'y arriver; ou bien, ne prenant qu'un champ à
poser carnage, faut qu'il y ait un petit chemin pour
sortir à l'autre bout. Que s'il n'y en a, faudroit en
former un joignant la haye d'un autre champ long
à l'environ de 80 ou 100 pas, duquel chemin les
deux hayes seront bonnes et bien fortifiées tant haut
que bas, autant long qu'avons dit, lequel chemin
sera en oblique ou courbé, tant qu'en entrant du
carnage dans ledit chemin on ne puisse voir d'un
bout à l'autre. Et au droit du milieu dudit chemin,
en lieu plus visible, faut former une telle fosse
tournoüere dans un champ de l'autre costé de la
haye dudit chemin; et en icelle haye au droict de
la fosse, faut laisser une ouverture, dans laquelle
faudra faire une petite lisse tout proche le bout de
la fosse, comme à l'environ de deux à trois pieds
de hauteur, revestuë et desguisée d'espines sur
bout, où il n'y ait rien ferme sur quoy le loup
puisse, sautant, poser les pieds, pour descouvrir et
esventer la fosse, ains soit contraint saulter à plein
sault. Et, pour le convier saulter droit au milieu,

faut que les costez et extremitez de ladite lisse ou petite haye soient plus haults et le milieu plus bas et cavé. Et, pour le convier davantage faire plein sault, sera bon faire un petit fossé proche ladite haye, large et profond d'un pied ou plus, laquelle petite haye ou lisse ainsi sur le fossé ne sera point plus hault qu'avons dit, et demeurera estouppée de bonnes espines jusques à l'heure qu'on voudra chasser, afin que les loups en leur acharnant ne la descouvrent.

Quant à la haye d'entre le champ de carnage et la forest (car il faut qu'il soit contigu ladite forest), elle aura besoing d'estre aussi fortifiée.

Faudra au droict du milieu d'icelle hayé laisser ou faire une grande ouverture, comme à passer bœufs et charette ; et, pour donner plus grande asseurance aux costez d'icelle ouverture, faut faire que lesdits costez s'advancent un peu dans le champ, afin qu'ils donnent deux petits recoings, qui soient un peu relevez de terre, et puis revestus et couverts d'espines. Et à l'entrée du petit chemin fortifié l'on fera aussi un autre recoing en entrant dedans : le tout pour servir à les faire prendre avec Satyres, comme verrez au 7. poinct suivant.

POINCT V

Logette pour les gardes et sentinelles.

Faut aprés choisir un champ ou lieu commode, pour y faire une logette à poser des gardes, qu'on menera à l'heure ou le jour que l'on voudra chasser les loups, qui soit distante deux ou trois cens pas du carnage, et qui soit en lieu par où les loups ne viennent à passer ny esventer, le moins que faire se pourra, soit en allant ou du carnage, ou soit à bon vent. Et faut quand et quand remarquer quelque arbre ou endroit où on puisse eslever quelque bois garny de chevilles, pour y monter une sentinelle, qui soit entre le carnage et logette, en sorte qu'il puisse commodement veoir les loups dans le carnage entrer et sortir, et qui puisse aussi estre veuë des gardes posées en la logette.

Ayant ainsi disposé toutes choses, sera besoin d'acharner les loups, jettant és champs charoignes de bestes mortes, en faisant quelques traisnées par la forest. Si on voyoit qu'ils ne s'y trouvassent promptement, en les y entretenant, pour les y laisser asseurer 4 ou 5 jours ou davantage, sera bon leur en poser en plus d'un endroit, d'autant

qu'ils ne se souffrent manger ensemble. Premier
que chasser et les prendre à la fosse, une sentinelle
(comme dirons cy-après) pourra descouvrir quelques jours à quelle heure ils y arrivent au soir : car,
ayans beaucoup devoré en une nuict, ils ne se
hastent de retourner bientost le lendemain, tellement qu'il ne sera pas bon les chasser les premiers
soirs après leur estre bien repeus. Or, pour les
tenir en bon appetit, l'on peut poser sur le carnage quelques aloés ou chose qui les face vuider,
ou bien pourra-on enterrer à demy les charoignes,
en les couvrant d'espines ou rameaux, afin qu'ils
ne puissent tout devorer à la fois.

POINCT VI

Pour prendre les loups à la fosse.

Après que l'on aura veu les loups acharnez
entrer et sortir du champ, et bien asseurez, et
qu'une sentinelle aura recogneu par quelques soirs
à quelle heure ils y arrivent, en quel nombre,
et l'asseurance qu'ils y ont, deliberant de les aller
prendre, il faudra s'acheminer d'heure competente,
et que le maistre ou commis à telle chasse meine
avec soy cinq à six personnes, où arrivant s'en
iront dresser la fosse, la faire bien joüer, oster les

espines de dessus la petite haye de devant la fosse,
et ne laisser rien qui empesche ou face defier le
loup de sauter. Ne se promeneront dedans le carnage, prés la fosse, ny aux advenuës, ains s'en
iront camper dedans la logette, et la sentinelle en
son lieu, laquelle venant à monstrer par signal
ausdites gardes qu'il y aura des loups arrivez et
le nombre (faudra avoir preparé voyes et sentiers
aux gardes), lesquelles iront sans faire bruit, et par-
tiront toutes ensemble, pour leur rendre en divers
endroicts qu'allons dire.

Premierement, une au bout du petit chemin
fortifié au delà de la fosse, au bout de la fortification, et les autres aux entrées pour venir de la
forest dans le carnage. Les gardes ainsi arrivées
esdits lieux ne se hasteront leur mouvoir ny leur
monstrer, pour donner temps à chacune de se
placer. Celles de l'entrée de la forest commenceront
à paroistre peu à peu, faisans quelques gestes,
tendant afin que les loups les puissent adviser, sans
faire autre grand bruit : cela estant suffisant pour
les faire acheminer les uns aprés les autres, et non
tous à la fois; et puis celle de l'autre bout dudit
chemin ne se monstrera et ne paroistra aux loups,
sinon lorsque les loups seront au droit de la fosse.
Et alors que les gardes de l'entrée de la forest dans
le carnage n'en verront plus qu'un ou deux sur le
carnage, ou partis, ils s'achemineront hastivement

aprés, sans bruit (s'ils en veulent attendre d'autres
le mesme soir), et ne les presseront pour les faire
partir en grand nombre à la fois, d'autant qu'en
courant ils s'escartent et ne veulent suivre l'un
l'autre.

Or, il est tout certain qu'ils s'achemineront dans
le petit chemin qu'ils auront recogneu cy-devant,
et pensant y aller sortir selon leur coustume ; mais
trouvans une garde flanquée au bout (ainsi qu'avons
dit qu'ils adviseront) estant, ou lorsqu'ils arriveront
au droit de la fosse et petite haye, et trouvant les
hayes bonnes et fortifiées en tous endroits, n'est-il
pas vray-semblable et tout apparent qu'ils sauteront
par-dessus ceste petite haye, et se precipiteront
par ce moyen sur la fosse, n'ayans moyen de la
veoir ny esventer ? Et la fosse ouvrant et fermant
promptement, ne demeureront-ils pas prins, et
autant qu'il en arrivera ?

Que s'il advient qu'un loup fausse les haies pour
n'estre assez fortes, il n'en reviendra pas moins
quelques heures aprés, d'autant qu'on ne luy aura
faict aucune violence, et n'aura descouvert fosse,
filets, ny trapuces.

Je juge n'estre besoin dire comme on ostera les
loups de la fosse ; mais pensant que plusieurs seront
portez à les tirer et tuer dedans, puis les tirer
morts sur le bord, ce qui prejudicieroit pour attirer les autres loups au carnage, d'autant qu'ils

esventeroient et sentiroient le sang de leurs compagnons, et par consequent la fosse, il est plus
expedient de les tirer et emporter vifs, ce qu'on
pourra faire facilement, ostant les couvercles de
dessus la fosse, et posant une perche en façon d'une
verge à tirer de l'eau aux puits, où dedans icelle on
pourra poser une poulie, et ayant passé un collier
au col du loup, et non une fiscelle de peur de
l'estrangler, en tirant la fiscelle on le pourra si
hault eslever, tant qu'on puisse commodement luy
lier les pieds et le thresillonner, ainsi qu'avons dit
aux poches, et ainsi avec une civiere le conduire
à la maison, ce que pourra faire un homme tout
seul.

POINCT VII

Pour prendre les loups à la fosse, sans gardes.

Pour faire que les loups venans au carnage se
precipitent dans la fosse, sans qu'il y ait personne en garde, voire à quelque heure que ce soit
y arrivans qu'ils se puissent prendre, faut prendre
genests ou fougere, puis les lier avec oziers par
petits fagots, et leur donner forme d'homme depuis
la teste jusques aux cuisses, leur formant teste,
corps et bras, et les revestant partie avec linge
blanc qui ait longuement esventé, et soit comme à

demy pourry de vieillesse, dont l'un sera trempé
en du sang de beste, et l'autre prendra l'odeur de
quelques viandes fraisches; et estans ainsi revestus
les corps et bras de blanc et rouge, et leur posant
sur la teste un faux visage fort rubicond, tellement
qu'ils ressemblent à quelques satyres, lesquels l'on
posera aux deux recoings de l'ouverture du carnage, à venir de la forest, en sorte qu'ils ne puissent estre apperceus en entrant de la forest dans le
carnage, qu'on ne soit beaucoup advancé dedans;
et leur faudra bailler quelque forme d'armes en
main, et les mettre en posture, comme s'ils vouloient
frapper les loups qui entreroient ou voudroient ressortir; puis, à l'entrée du petit chemin pour aller
du carnage à la fosse, l'on y posera dedans un re-
coin un autre satyre en mesme estat et posture, et
un autre au bout du petit chemin, au mesme en-
droict qu'avions ordonné se poser le garde; tellement qu'ayans veu les loups bien acharnez entrer
et sortir par le petit chemin, et tenu la fosse et
bresche de devant close, faut alors dresser les satyres, comme avons dit, et les poser en leurs lieux,
ouvrir la fosse et la petite haye, et clorre bien au
bout du petit chemin, qu'ils ne puissent sortir ny
entrer au carnage par là, d'autant que cela les fus-
teroit. Et alors les loups venans au carnage par
l'entrée de la forest, et estans entrez, et advisans
les satyres, seront conviez leur acheminer au petit

chemin pour penser sortir, et se trouvans dedans engariez parmy les satyres, ils sauteront par la breche dans la fosse.

Sera bon aussi tenir le champ où sera la fosse bien clos, qu'ils ne voulussent essayer à entrer au carnage par la fosse : car alors ils la recognoistroient. Et puis. ostant les satyres, faut les laisser en quelque fosse ou endroit couvert qu'ils s'esventent, et non les mettre és maisons.

POINCT VIII

Pour prendre les loups à la fosse, sans carnage.

N'ayant pas du carnage pour poser dans les champs, faut poser les satyres, et disposer tout comme venons de dire. Aprés on les attirera à entrer par le moyen de traisnées, puisqu'ils suivent la traisnée ainsi que renards, comme prenant quelque membre de beste morte, ou quelque petite beste rostie, et faut estre à cheval pour bien faire traisnée, et l'attacher à la queuë du cheval avec des hards, et non avec cordes ; ou autrement on peut les attirer avec unguent, duquel nous parlerons cy aprés. Ou autrement, pour les faire entrer, faut avoir prins un loup tout vif, et le poser comme au milieu du champ, et l'attacher à

une branche d'arbre ou à quelque posteau, en telle
sorte qu'il ne se puisse entordre; faut luy poser un
collier de fer au col, où il y ait un thurillon aussi
de fer, portant boucle qui puisse tourner, et puis
soit attaché avec une vergette de fer de deux ou de
trois pieces seulement, et non avec une chaisne de
fer, d'autant qu'elle feroit bruit, et en façon qu'en
saultant il ne se puisse acrocher à rien ny entordre, et luy faut donner à boire et à manger; et
aprés qu'il se sera bien hault eslancé et precipité,
la nuict venuë il ne faudra à hurler et appeller ses
compagnons, qui le rechercheront, tellement que
l'entendans ils ne faudront à venir à luy, et entrans
dedans pour le veoir, puis advisans les satyres
s'enfuyront dans le petit chemin, où se trouvans
engariez se precipiteront dans la fosse. L'on pourra
mesmement prendre de la chair de loup nouvelle-
ment tué, pour faire traisnée, car ils la suivront
fort bien; et faudra que le bout du petit chemin
soit clos, car il ne faut pas qu'ils arrivent par là, et
qu'ils n'ayent point d'entrée dans le chemin ny
champs où sera la fosse, car ils la descouvriroient,
et par aprés ne s'y voudroient precipiter.

POINCT IX

Onguent pour attirer les loups.

Faut prendre une livre du plus vieil oingt qu'on puisse trouver, et le faire fondre avec une demie livre de galbanum; et estant ainsi fondu, faut y mettre une livre de hanetons pilez, puis faire tout cuire à petit feu par quatre à cinq heures durant, et aprés faut passer telle mixtion estant encores chaude par quelque gros linge neuf et fort, en le pressant, tant qu'il n'y demeure que les pieds et aisles des hanetons.

Aprés faut mettre cet onguent dans une boüeste de terre, et le garder : car plus il sera vieil, et d'autant meilleur. Faut avoir une paire de vieils souliers, qui ne servent qu'à faire la traisnée, et és lieux où l'on jugera y avoir des loups, l'on y commencera, puis se rendra-on où l'on voudra les attirer pour les prendre, ou se posant en embuscade pour les tuër.

POINCT X

Pour prendre les loups avec carnage et sans fosse.

Que si les commoditez avec les circonstances necessaires pour faire une fosse tournouëre ne se rencontroient, ou qu'on trouvast la fosse trop cousteuse, estant en doute qu'il se trouvast nombre de loups pour y estre pris, l'on pourra s'en passer, moyennant qu'on ait sept à huict poches, faisant comme s'ensuit. C'est qu'il faut dresser un champ de carnage, comme avons dit cy-dessus, au 4. poinct, pour y poser carnage, et au lieu du petit chemin, faut y adjoindre un second champ, qu'il conviendra fortifier, et en dressant les hayes y laisser musses et ouvertures visibles, pour y tendre poches, le tout comme avons dit aux tentes des poches, lesquelles musses demeureront closes et bouchées jusques à l'heure qu'on voudra aller chasser, car alors on les ouvrira pour tendre les poches. Et, ayant donné des ouvertures à venir de la forest dans le carnage, et autres ouvertures pour entrer du carnage dans le second champ, et du second champ pour en sortir, toutes assez grandes, comme à passer bœufs et charettes, afin qu'ils puissent mieux entrer et sortir, et leur donner asseurance, convient avoir aussi une logette, où poser gardes ou monter une sentinelle, selon qu'avons traicté à la fosse tournouëre, au 5. poinct. Et pour esventer et oster l'odeur des poches, l'on pourra laisser tremper 24 heures dans un cuveau avec de l'eau, où l'on ait lavé ventre d'omailles, et jetté sang, et puis les seicher; et ayant telle odeur, à peine les loups les apprehenderont-ils, voire les sentant. L'on y pourra aussi poser quelques habits pour les esventer, et les donner à la sentinelle.

Lorsqu'on voudra donc chasser les loups ainsi acharnez, conviendra premierement tendre les poches ainsi esventées dedans les musses; et, la sentinelle advertissant les gardes de partir de la logette, se rendront premierement à l'entrée et ouverture de la forest dans le carnage; puis une autre à la sortie du second et dernier champ, et qu'une troisiesme se puisse couler par dedans le second champ et se poser non trop prés de l'ouverture à venir du carnage dans le second champ, laquelle sera pour les empescher de rentrer dedans. Et faut d'autre part avoir posé gardes aux poches, qui en seront assez esloignées, tellement que les loups partans du carnage, pensans aller sortir, et trouvans gardes qui les empeschent de sortir et rentrer au carnage, ne chercheront puis après que le moyen de sortir, et trouvans les musses et poches tenduës assez desguisées, y entreront. Qui voudra aussi user de fosse sans chemin, l'on pourra en former une au coing du carnage, la tenant close et fermée, sinon à l'heure qu'on les chassera.

POINCT XI

Pour prendre loups avec fiscelles.

Où il n'arriveroit commodité d'avoir fosse tournouëre ou poches pour prendre les loups, soit au carnage, soit par les bois de la campagne, l'on pourra prendre petites fiscelles, grosses comme fouëts, ou semblables à celles pour tendre aux pieges, qu'on pourra tendre en forme de collets, qui soient faictes de chambvre bien fort. Faut adviser leurs sorties commodes, et par où ils pourront passer, pour y tendre une ou deux fiscelles en chacune musse ou passage, qui seront attachées à quelque gros rameau, assez pesant à traisner, lequel sera posé proche la musse, sans estre attaché à rien; et n'y ayant boucle au bout d'icelles fiscelles, faut en former une en lacs coulans, puis repasser la fiscelle par icelle boucle coulante, tellement que le loup venant à passer, et se prenant au collet de la fiscelle, la boucle coulante le resserrera et estreindra, de façon que, le loup courant et traisnant

13

le rameau, le collet et boucle s'estreindront, de
façon que ils luy feront perdre vent, et ne pourra
courir que jusques à la premiere haye, où il le
faudra attendre de l'autre costé d'iscelle, et non
le suivre trop prés au descouvert, qu'il n'offençast
les personnes, mais le suivre de loing pour l'advancer de courir. Et ainsi une douzaine ou deux
de fiscelles pourroient suppleer au defaut de poches
ou de fosse.

CHAPITRE II

Chasse royale pour prendre loups, renards,
et bestes de venaison és forests et deserts.

CONSIDERANT la malice des loups, je l'ay
trouvée si grande, que je n'ay trouvé petits
ny grands, pauvres ny riches, à qui ils ne facent
du mal et portent perte, mais aussi aux rois, princes
et grands seigneurs, puisque dans leurs forests, et
souvent dans leurs parcs, ils leur devorent leurs
gibbier et bestes de venaison, voire les plus sa-
crées qui n'appartiennent qu'aux rois, et outre
leur ostent leur liberté et plaisir de chasser à leur
volonté, leur estranglant et devorant souvent les
meilleurs chiens de leurs chasses qu'ils regrettent

beaucoup. A ceste occasion j'ay jugé que le Roy, princes et seigneurs ne prendroient en mauvaise part ceste chasse que je leur dedie; et pour ceste cause l'appelle royale, d'autant que par le moyen d'icelle ils pourront prendre loups et renards dans leurs forests, ensemble pourront veoir tout à leur aise et plaisir leurs bestes de venaison, pour les conserver et en prendre de celles qu'ils voudront. Or, je croy que de premier abord elle pourra de plusieurs estre jugée mauvaise, mais qu'à la fin on l'approuvera, pour autant que tous ne la pourront faire ny exercer, premierement s'ils ne sont seigneurs de forests, et davantage s'iis n'ont tel droict et pouvoir; et qui plus est, que telle chasse ne se pourra faire qu'avec grands impenses, grande authorité et grand nombre de personnes.

Outre qu'à telles tentes ne s'y pourra rien prendre, sinon à l'heure qu'on fera telle chasse; et la fosse ny tentes ne prejudicieront à bestes ny à gens. Et partant, les moindres ne le pouvant faire, il me semble que les grands seigneurs la doivent recevoir.

Il faut noter qu'és forests remplies et hantées de bestes de venaison il s'y trouvera quant et quant nombre de loups, car ils les suivent et vont cherchant; davantage, que les bestes sauvages ne sont pesle-mesle par entre elles confusement dans les forests, ains marchent ensemble, s'aiment, et cherchent la compagnie les unes des autres, principalement celles de mesme espece : car ordinairement tiendront chacune leur canton separé d'avec les autres, et souvent où elles sont la nuict elles ne sont pas le jour, et ne se reposent ny gistent és lieux où elles viandent et se repaissent.

POINCT I

Comme il faut considerer le plan et situation d'une forest.

Es forests et deserts où on desirera chasser, il convient premierement considerer le plan et situation d'icelles, les colines, vallons, sentiers, charieres, advenuës, destroits, ou planestres, ou autres endroits, par où l'on puisse juger les bestes passer ordinairement, aller ou venir, principalement lorsqu'on les chasse d'un canton en l'autre. Et aprés qu'on aura recogneu l'endroit le plus seur de leur passage, comme en un destroit ou vallon, il faudra former un parc, qui contienne à l'environ d'un journau de fort boccage, lequel parc enserrera la charriere ou sentier, par où passeront telles bestes, c'est à dire tiendront le travers du parc.

Or, pour faire ledit parc, il faut qu'il soit en rond et soit situé auprés des endroits où plusieurs

charrieres abutteront, afin que les alliers du parc
les puissent contenir et comprendre pour les accon-
duire dedans le parc. Faut que les bouts du parc
finissent dans quelque buisson sur le bord de la
charriere, pour ne donner deffy aux bestes d'y
entrer ; et l'entrée et sortie du parc demeureront
grandes à passer bœufs ou charrettes ; et depuis
les entrées dudit parc, c'est à dire d'un costé et
de l'autre, l'on fera des lisses qui serviront comme
d'alliers, qui contiendront en longueur de chacun
costé trois à quatre cens pas, qui s'ouvriront en
forme triangulaire, un costé quelquefois plus long
ou en recroc que l'autre, selon qu'on jugera estre
necessaire pour contenir et recevoir mieux et faire
entrer les bestes dans le parc. Et faudra laisser
tous lesdits sentiers et passages ouverts, lorsqu'on
ne chassera pas, pour n'empescher le cours à bestes
ny à gens.

POINCT II

Pour faire les lices du parc et des alliers.

Faut faire, si possible est, que le parc soit faict
et contienne espais buissons et alliers, d'autant
que les bestes y entreront et se contiendront et ar-
resteront mieux dedans. Et, pour faire que ledit
parc contienne mieux toutes bestes sauvages, il

convient faire les lisses fortes et espaisses, principalement par le bas, deux ou trois pieds de haut;
partant, les conviendra renforcer de pieux ou
paulx de ceste mesme hauteur. Il faut qu'elles
soient de haulteur de cinq à six pieds, mais seront
plus claires, c'est à dire moins espaisses par le hault,
moyennant qu'ils suffisent pour empescher seulement le sault des bestes.

POINCT III

De la fosse.

L'on doit avoir premierement choisi l'endroit
propre où faire la fosse et l'avoir faicte; puis, faut
qu'elle soit distante et esloignée de douze ou
quinze pas du parc, et que pour y aller du parc il
y ait un petit chemin ou sentier assez large, clos
de chacun costé de clayes ou lices de haulteur
suffisante, et revestuës d'espines pour les desguiser.

Et sera bon que le costé du parc pour arriver à
la fosse soit à demy en triangle, et non en rond,
pour le rendre plus facile à trouver aux bestes.
Faut que la fosse soit de mesme façon avec une
petite haye basse au devant, ainsi qu'avons dit à la
fosse du carnage.

Et, s'il ne se trouvoit commodité de faire fosse,

l'on pourroit faire avec poches ou filets ou avec fiscelles, les tendans au bout du petit chemin, et à musses qu'on y formeroit, en faisant ledict chemin courbé, comme nous avons dit au carnage.

POINCT IV

Des gardes.

Le jour qu'on voudra chasser, il conviendra avoir plusieurs gardes és lieux qu'allons dire. Premierement, faut en poser une ou deux en hault dans quelques arbres, à l'entrée dudict parc, une qui regardera venir les bestes dans le parc, l'autre qui prendra garde qu'elles n'en sortent, tellement que, tenant à la main un long rameau ou branche et le branlant, les pourront aisément faire rebrousser. Et puis, en faudra une autre à la sortie, qui observera quelles bestes voudront sortir, dont il laissera sortir les unes et empeschera les autres, ainsi que bon luy semblera. Puis, en faudra une à l'entrée du petit chemin pour aller à la fosse qui sera par haut, et avec un rameau empeschera les unes d'y aller, et fera precipiter les autres, les voyant entrées dedans le sentier.

POINCT V

Des gardes au bout des alliers.

Il sera besoing avoir nombre de gardes, pour les
poser aux bouts des alliers et és places qu'allons
dire. Faut donc poser aux bouts des alliers des
gardes, qui ne diront mot et ne feront aucun bruit,
qui continuëront à leur ouvrir, suivant les alliers
en forme triangulaire, autant grand que l'on jugera
estre besoin contenir de pays; qui seront posées
de dix pas en dix pas, qui tiendront quelques petits rameaux en leur main, et frapperont sur quelques buissons proches d'eux, pour faire un peu de
bruit, et ce par intervalle, ou selon qu'ils enten-
dront ou verront bestes arriver vers eux, pour les
faire destourner et entrer dans les alliers. Et ayant
ainsi posé telles gardes qui se tiendront donc ouvertes autant qu'on jugera necessaire, aprés faut
en disposer d'autres, qui du bout de celles là se
continuëront droict au hu, distantes les unes des
autres, et faisant bruit comme avons dit, que nous
appellerons les costes du hu.

POINCT VI

Du hu.

Aprés cela, faut disposer le hu en forme de croissant ou demy rond, qui sera en nombre suffisant
depuis un desdits costez jusques à l'autre, lequel au commencement fera grand bruit avec
tambours, trompettes, harquebuzes, et autres divers
instruments. Et à mesure que le hu procedera, partie des costez s'adjoindront avec luy, et partie
advanceront pour fortifier lesdits costez et gardes.
Lesquels gardes et costez se poseront par les
places et endroits, selon qu'on leur aura marqueté
avec fueillards ou branches rompües, sans avoir
peine de les y conduire. Et alors qu'on sera comme
à la moitié, sera bon parachever avec trictract,
pour n'estonner les bestes de la forest, craignant
que tel bruit les en fist escarter. Tellement que,
ayant nombre de personnes, l'on pourroit chasser
dans une forest une lieuë de pays de long et autant de large; et, ayant fait un costé de forest, l'on
peut chasser de l'autre en la mesme façon, le
mesme jour, ou mieux le lendemain. Et le parc estant fort de alliers, les bestes s'y contiendront assez longuement, et aprés qu'on voudra faire bruit

dans le parc, l'on les fera precipiter facilement dans la fosse ou filets de celles et en nombre qu'on voudra : ou les laissera-on sortir à leur volonté. Et, telle chasse finie, l'on fermera la fosse, et laissera-on les ouvertures et passages, qui seront és alliers, ouvertes pour la commodité des bestes et des personnes.

Et au lieu de la fosse l'on pourra former passages dans le sentier ou petit chemin, ou tendre et poser filets et poches pour prendre les bestes qui seront dedans le parc, n'y en laissant entrer à la fois que celles qu'on y voudra prendre.

LIVRE IV

LES MOYENS AVEC LES IMPENSES

NECESSAIRES POUR PRENDRE

LES LOUPS DE LA FRANCE

ET POUR LES EMPESCHER D'Y RENTRER D'AILLEURS

CHAPITRE PREMIER

AYANT jusques icy traicté (selon mon foible jugement) des loups, de leur nom et naturel, ruses et finesses, et de leurs amours, puis desduit diverses chasses et moyens de les prendre, tant par les bois et buissons des rases campagnes, que par les forests et lieux couverts de la France, si j'osois, je dirois (sans offenser les bons esprits et beaux jugements) comme j'entendrois que les loups pourroient en

bref estre prins par la France, et puis empeschez
d'y retourner d'ailleurs, et le tout avec peu de
peine et d'impenses.

Premierement, et moyennant qu'il plaise au Roy
commander et ordonner que les moyens et façons
de les prendre cy devant demonstrés soient mis
en practique et observés en chacune parroisse de
l'estenduë de la France, principalement és endroicts où l'on void les loups ordinairement hanter
et ravager : d'autant que sans son auctorité l'on
ne peut ny ne doit-on y proceder, et n'y peut-on
induire le peuple, quoy qu'il luy soit utile.

S'il plaist donc à Sa Majesté commander qu'en
chacune parroisse les loups soient chassez et pour-
suivis pour estre pris, ou pour les faire retirer és
forests qui leur semblent forts inexpugnables ;

Et que pour ce faire chacune parroisse soit
garnie de cinq à six poches de la façon qu'avons
dit, qui cousteront vingt ou trente sols piece, lesquelles, bien gouvernées, dureront autant qu'il en
sera besoing pour chasser les loups. Aprés, où il y
aura bois ou boccages commodes, et où l'on voye
les loups hanter, qu'il y soit dressé une haye ou
deux pour tentes, de la façon qu'avons dit. Et les
parroisses qui n'auront telles commoditez s'adjoignent avec leurs voisins en aide.

Seroit necessaire que tous seigneurs, gentils-
hommes et autres qu'il apartiendra ayent agreable

telle chasse et tentes estre faites dans leurs bois, forests et apartenances : lesquelles chasses se pourront bien faire sans destruire, prendre ny tuer aucun gibbier, qui voudra, attendu qu'on peut faire telles chasses sans chiens, sans chevaux ny armes. Et, pour y remedier, qu'il soit ordonné amende contre les contrevenants ou opposants, et contre ceux qui romproient les tentes faites.

Davantage, seroit necessaire que lesdits seigneurs et gentilshommes commandassent et conduisissent telles chasses : et où leur volonté ou commodité ne seroit telle, qu'ils ne trouveroient mauvais que le peuple en eslise et commette un d'entr'eux, qu'ils auront agreable, y commander et les conduire.

Lequel commis donnera en charge de luy donner advis, lorsqu'on aura veu ou aperceu quelques loups en bois ou boccages, qui (selon qu'il jugera à propos) fera donner le signal au peuple de se trouver, par le son de la cloche ou autrement, aux tentes ou lieux assignez, qui auront esté auparavant advertis du lieu ; et une fois ou deux disposez en ordre sçauront aprés s'y trouver à l'environ de trente ou quarante personnes és petits bois. Et ainsi telle chasse pourra estre parfaicte en deux ou trois heures de temps : le tout estant disposé et y procedant comme nous avons dict.

Tellement que ce sont les moyens, les peines et

impenses, pour chasser et prendre les loups par
les bois et buissons de la France, sinon les faire retirer és forests et deserts, où on les peut prendre
avec fosses tournouëres, carnages et moyens que
nous avons desduits. Reste maintenant à dire les
moyens et impenses necessaires.

CHAPITRE II

*La peine, frais et impenses qu'il convient faire
pour prendre les loups és deserts et forests.*

P REMIEREMENT, faut faire eslection d'un ou
deux champs de terre, proches desdites forests
et deserts, pour y attirer les loups avec carnage,
ainsi qu'avons dit, qui pourtant ne delaisseront
d'estre ensemencez et cultivez, d'autant que le labeur n'empeschera les loups d'entrer dedans.

Or, pour entretenir le carnage et y prendre
garde, faut y commettre quelque personne,
comme verdier, forestier ou louvetier, ou autre
qu'on verra capable, et qui y prenne plaisir, pour
mettre les choses en ordre, selon qu'avons dit, et
qu'il verra estre à faire : car on ne peut faire regle
tant generale, qu'elle ne souffre exception, selon

les circonstances et occurrences qui s'y presentent.

Lesquelles fosses ny carnage ne seront prejudiciables à personne, ainsi qu'avons demonstré.

Il conviendra au commis, pour bien faire telle charge, avoir une charrette qui porte pesant jusqu'à un bœuf ou cheval, qu'il conduira avec un ou deux chevaux, je dis avec chevaux pour empescher le danger qui pourroit arriver aux bœufs.

Et pour recouvrir du carnage autant qu'il en faudra, conviendra qu'il soit commandé de par le Roy que sur peine d'amende tous habitans des parroisses, d'une ou de deux lieües en rond, et proches desdites forests et deserts, incontinent qu'il leur sera arrivé par hazard quelques bestes mortes, soient tenus le mander et faire sçavoir aux commis, qui seront tenus les conserver vingt-quatre heures : après lequel temps, et sçachant du commis qu'il n'en aura besoing, seront tenus les enterrer, et non les jetter à l'air, d'autant que telles charoignes attireroient les loups, et les feroient sortir hors les forests; et tels voisins ne seront tenus à autre chasse ny impense : joinct aussi que tel carnage les defendra des loups.

CHAPITRE III

Pour le salaire du commis.

Qu'il soit payé au commis par prinse de chacun loup (bien attestée) un denier ou deux par feu esdites parroisses situées en l'estendüe desdites deux lieuës aux environs de la forest ou desert, où sera posé ledict carnage (en exceptant les pauvres qui ne portent plus de cinq sols de taille, au desir des commissions de messieurs les louvetiers), durant quelques années, et cependant qu'on chassera aux loups.

Mais, pour empescher qu'il ne se face aucune levée sur le peuple, l'on pourroit employer (pour satisfaire à tels frais) certaines amendes ou frais qui se jugent ou pourroient juger sur certains malfaicteurs.

Sont donc les frais et impenses necessaires pour oster les loups de France. Car il est tout certain que s'ils estoient chassez en ceste façon de parroisse en parroisse, et de province en province, où l'on les appercevroit, qu'ils seroient prins ou s'enfuyroient és forests et deserts, esquels lieux on les pourroit aussi prendre avec fosses et carnages, attendu que difficilement quitteront-ils carnages qu'ils y trouveroient, et veu qu'on leur feroit la chasse vivement sur les champs.

CHAPITRE IV

Les moyens d'empescher les loups d'autres royaumes et provinces d'entrer en France.

IL faut entendre que la France est circuye et environnée d'eauës, sçavoir depuis Calais jusques à Bayonne, et depuis les environs de Narbonne jusques aux fins de Provence et prés Marseille, par le moyen des mers Oceane et Mediterranée, qui se monte la moitié du circuit de France, qui sont autant de pays clos et inaccessibles aux loups : tellement qu'il n'est besoing sinon empescher les loups de venir par terre. Ce qui se peut faire aussi bien qu'ils les empeschent d'arriver par eau en Angleterre, et de venir d'Escosse, où il y en a en abondance, passer le bras de mer qui est entre-deux, qui ne contient que vingt et deux mille pas, ce qu'ils pourroient bien passer, si n'estoient les dogues qui gardent jour et nuict, par police ordonnez.

15

Sont les pays par où il faudroit faire garde : par les fins de la Guyenne et de la Gascongne, en approchant prés les montaignes Pyrenées et du Sault ; et puis en costoyant par deçà les rivieres du Rhosne et de la Sosne, tendant vers Callais, passant par les fins de Bourgongne, de Champaigne et puis de la Picardie.

Et, procedant par lesdites contrées, faudroit observer tous bois et forests qui se rencontreroient en l'estenduë de quatre ou cinq lieües de large, dans tous lesquels seroit besoin dresser fosses et entretenir carnages jour et nuict, pour là recevoir et prendre tous les loups qui descendroient desdites montagnes, des deserts de la Savoye, et principalement des forests d'Ardennes, d'autant que ce sont leurs forts et tasnieres qui en peuplent la France.

Si les fosses tournoüeres avec les carnages les prennent par la France, elles les pourront prendre de mesme voulans y entrer ; et la raison est qu'un loup allant d'un pays en l'autre ne va le droict chemin, mais tend d'un bois en l'autre, et ne procede que la nuict. Et premierement, sortant de son pays, recognoistra le premier et plus proche bois, où il fera quelque sejour, et y cherchera de quoy se repaistre : une et deux fois il retournera d'où il est party ; et aprés avoir ainsi recogneu un bois, peu à peu il procedera de bois en autre pour les recognoistre, et souvent retournera d'où il sera party, pour recognoistre le chemin pour s'y aller sauver, s'il estoit couru.

Or, procedant de ceste façon, et trouvant carnage esdits bois et en deux ou trois bois sur leur chemin, difficilement pourront-ils outrepasser qu'ils ne s'arrestent trouvans du carnage. Donc, il sera facile les prendre y prenant garde, qui sera le moyen de les empescher d'y r'entrer.

CHAPITRE V

L'ordre et impenses necessaires pour les empescher d'entrer en France.

IL conviendra establir un chef qui commande, ordonne et dispose en telle affaire, lequel commettra personnes par les provinces, qui en prendront et disposeront d'autres en chaque lieu necessaire, pour y prendre garde, selon qu'ils verront à faire, pour y entretenir les tentes et carnages pour prendre les loups en chacune forest et grand bois.

Et pour satisfaire à telles impenses, et pour entretenir telles personnes, comme mortes-payes, s'il plaist au roy qu'il soit levé un denier par feu en l'estendue de la France, cela suffira.

Ou autrement, pour qu'il ne se face aucune le-

vée de deniers à ce sujet, s'il plaist au roy et à la
Cour que certaines amendes qui se jugent sur certains mal-faicteurs y soient destinées et ordonnées
pour y estre employées à satisfaire à telles impenses, estant raisonnable que tels mal-faicteurs,
pour leur malfaict, servent à la defense de la
France ; et qu'à l'imitation de l'Angleterre, la
France convertisse et change beaucoup de genres
de supplices et peines de mort en certains bannissemens, peines ou amendes, tendant à la mort des
loups, et pour les empescher de r'entrer en France.
Que telles peines soient redimables par une somme
d'argent, ou par après avoir fourny d'un certain
nombre de testes de loups, ou bien pour estre ad-
dictées d'y demeurer à perpetuité, soit (sous cau-
tion) en tel exercice, de mesme que l'on en re-
legue et envoye-on aux galeres : car il y en a
plusieurs qui aimeroient mieux subir telles peines
ou payer grandes amendes, que de faire hono-
rables amendes à leurs parties, ou de salüer un gi-
bet, ou prendre la mesure d'une roüe.

Sont donc les moyens que j'ose dire estre bons
pour oster les loups de la France, me remettant
au jugement des bons esprits d'en retrancher ou y
adjouster, selon qu'ils sçauront mieux faire, comme
estant chose où nous devons avoir soing et prendre
peine, veu les maux, pertes et incommoditez qu'ils
font et apportent en general et en particulier.

CHAPITRE VI

Les pertes, dommages et incommoditez que les loups apportent à un chacun en particulier.

L E laboureur sera beaucoup esmerveillé, entendant que les loups luy portent perte par chacun an vallant la moitié du revenu de son lieu : c'est verité que cela luy sera comme un paradoxe. Mais, considerant les pertes qu'ils apportent à petits et à grands, croyant qu'ils ne font pas moins de mal és autres provinces qu'ils en font en ce pays du Mayne, telles pertes bien calculées me rendent comme en extase et confus en moy-mesme, d'autant que je recognois estre comme impossible les bien comprendre, et moins les declarer, soit en general, soit en particulier. Toutesfois je tascheray, en tant qu'il me sera possible, d'en declarer quelques parties, me sousmettant à toute correction. Premierement, d'autant qu'ils sont ennemis mortels des bestiaux, lesquels sont veus servir et accommoder l'homme autant ou plus que le reste des fruicts que la terre luy produise.

On recognoist la perte grande ou petite par la valleur de la chose perduë, soit pour la commodité, plaisir, contentement, ou service qu'on en recevoit ou esperoit en recevoir.

Or, entre toutes les commodités et profits que la France donne à l'homme, il n'y en a point de plus grand, ny pareil, que sont les bestiaux; et les loups, leur estant ennemis et les destruisant, sont par consequent veus grandement incommoder et porter perte à l'homme.

Pour demonstrer la commodité et profit qu'ils apportent, faut considerer qu'une mestairie vallant de ferme par an trois cens livres, de laquelle un tiers des terres sera ensemensé, l'autre en labeur, et un tiers en herbage pour les bestiaux, l'effoil ou escroist desdicts bestiaux doit valloir par chacun an le tiers de la ferme, qui sont cent livres, quelquefois beaucoup plus, principalement lorsque le lieu est bien peuplé, il sera veu exceder la moytié de la ferme, en considerant beaucoup de petits emolumens qu'on en tire durant un an, comme sont laict, beurre, fourmages, laines, plumes, aller à cheval, porter fardeaux, faire journées, ensemenser les terres, et plusieurs autres commodités qui feront le tout valloir la moytié de la ferme, ou plus. Ce qu'on considerera mieux par le contraire, sçavoir quand le mesme lieu sera du tout desnué de bestiaux, sans qu'il y en arrive en quelque sorte que ce soit, soit pour y heberger, soit pour y labourer et travailler, tellement que le semant sans

fumiers et à force de bras, avec les autres choses
necessaires à faire et porter, compensation faicte
du revenu aux impenses, le lieu ne vaudra pas le
tiers de revenu de ce qu'il valloit peuplé de bestiaux : si bien que les bestiaux sur un lieu seront
veus et trouvés valloir plus de moytié, voire que
le reste des fruicts et grains que la terre produit.

Occasion pourquoy l'on est tant soigneux les deffendre des loups leurs ennemys ; et, à cest effect,
convient faire tant de frais, qu'ils seront trouvez
approcher de la moitié du revenu de la mestairie,
vallant cent escus de ferme, comme nous demons-
trerons en detail. En premier, le colon ou fermier
n'ayant que sa femme sans enfans, il luy conviendra
avoir grand nombre de personnes, tant pour cul-
tiver et faire valloir bien et deuement son lieu que
pour garder et deffendre ses bestiaux des loups,
desquels deux ou trois y seront occupés, les uns
avec les moutons, les autres avec les vaches, porcs,
et autres choses necessaires ausdicts bestiaux ; et,
outre tel nombre de serviteurs, le maistre et maistresse seront en soing jour et nuict, soir et matin,
hyver et esté, tantost couchant dehors pour garder
bœufs ou chevaux, tantost en cherchant quelque
une esgarée ; pleuve, vente, nege, et à toutes heures
seront en apprehension de la crainte des loups,
bien que deux ou trois pastoureaux y soient presque du tout occupés, avec mille autres distractions.

Et combien que je recognois que tels pastoureaux font parmy cela quelque petite chose qui sert
au mesnage, neantmoins je juge que telles distractions de maistres et occupations de serviteurs
à cause des loups se trouveront autant ou plus pre-
judicier que pourroit servir et valloir le labeur et
travail d'un bon serviteur qui continuellement tra-
vailleroit sur le lieu, dont la nourriture, salaire et
entretien se trouveroit valloir par an l'environ oc-
tante ou nonante livres.

Nonobstant tel nombre de serviteurs, il conviendra nourrir un ou deux mastins et quelque
jeune pour survivre au premier mort, qui accom-
pagneront les pastoureaux et seront aux champs et
à la maison pour chasser les loups et autres mauvaises bestes, qui despenseront en pain (pour estre
bien nourris, ainsi qu'il faut) autant que feront deux
bons serviteurs, et outre fripponneront viandes,
beurre, laict, fruicts, et autant d'immondices qu'elles
suffiroient pour nourrir et eslever un porc sur le
lieu, et, outre cela, sont subjects à mordre et à la
rage, dont il en arrive tant d'inconveniens que
mesme souvent il convient les tuër aprés les avoir
nourris et eslevez. Veu donc tels dangers, avec le
coust pour la despense, je juge cela porter perte
annuellement ou couster au mestaier à raison des
loups quarante ou cinquante livres.

Et nonobstant tel soing et garde des personnes

et des chiens, les loups neantmoins ne cesseront et ne desisteront faire continuellement leurs exploicts accoustumés, tost ou tard, soir ou matin, hyver ou esté; et durant le temps d'un fermage, comme de six ou sept ans, pourront faire quelques ravages sur des bestiaux, qui portera perte, tant par le prix desdicts bestiaux, que par la consequence, autant et plus que se monte la ferme, qui est trois cens livres, laquelle perte, joincte avec les pertes annuelles, se monstreront revenir à l'environ de trente ou quarante livres par an.

Et, outre telles pertes et incommodités, j'en trouve une autre qui arrive à cause des loups. C'est qu'on nourrit et traicte-l'on les bestiaux autrement que leur naturel ne demanderoit : c'est qu'ils ne demanderoyent estre reclus et enfermés la nuict dans les estables, au printemps, esté et automne, ny en hyver, sinon qu'il fust trop fascheux, tant le serain et rosée leur sont agreables; et le jour, au temps des chaleurs, chercheroient quelques ombrages, pour leur deffendre des mousches et ardeur du soleil; et à ceste occasion deviennent maigres et tabides, car au temps chaud, estant la nuict enfermés en estables chaudes, et le jour mis paistre à l'ardeur du soleil, cela les rend tabides; et les meres ne peuvent bien nourrir, le laict et beurre n'est bon, et si les petits ne profitent pas. Et entre autres je trouve les moutons traictés de ceste façon

bien tost perir, et souvent mourir par la grande chaleur, estant animaux fort chauds avec leur haleine,
leur graisse, laine, urine, crottes et fientes, le tout
ensemble les eschauffe par trop ; et souvent envoyés
paistre à l'ardeur du soleil, où elles demanderoient
paistre à la fraischeur et estre parcquées à l'air, tellement que tous ces accidens leur causent defluc-
tions, si que ils ont soudain le foye bruslé, qui les
rend maigres, tabides, et ne vivent longuement.

L'on veoit assés par experience les bestiaux
nourris à la campagne la nuict estre sans estable,
combien ils different avec les autres nourris et reclus en icelles : different de sang, gresse, goust, et
de force. Ceux qui passent en Angleterre sçavent
bien juger de telle difference, d'autant qu'ils ne
traictent leurs bestiaux és estables, en aucune
saison, quoyqu'il soit bien plus cousteux l'un que
l'autre. Je trouve la difference des unes aux autres
du pris et valleur d'un quart ou d'un tiers, tellement que, sur l'effoeil de cent livres, il y auroit par
chacun an plus de vingt-cinq ou trente francs
moins : et, partant, seront trente livres de perte.

Je ne m'aresteray à cotter les grands chaleurs,
froidures insuportables, et mille autres intemperies
d'air, qu'il convient aux personnes de divers aages
et qualités supporter et endurer : ce qui leur cause
tant et de si diverses langueurs et maladies, et
souvent la mort, et supporter une infinité d'autres

incommodités, comme immondicités et puanteurs de bestiaux immondes, pour n'avoir commodité de loger les personnes et bestes separément.

CHAPITRE VII

Varieté d'opinions des loups d'Angleterre.

Ayant souvent parlé d'Angleterre, j'ay bien voulu icy rapporter les opinions diverses de plusieurs autheurs, qui tous concordent n'y avoir point de loups en Angleterre, mais de la façon et comment ils sont bien discordans.

Plusieurs cosmographes, comme Joannes Boëmius, Hatellius, Thevet et autres, sont de ceste opinion qu'il n'y a point de loups en Angleterre et qu'ils n'y peuvent vivre. Joan. Boem., lib. 3, cap. 26, *De ritu, mor. et leg. omnium gentium,* dict ainsi :

Terra ista adeò pabulosa est, ut ibi pecora nisi æstate à pastibus arceantur : lupos non gignit nec aliunde illatos nutrit, solo pulveris injectu necat.

Que les terres d'Angleterre sont tellement fertilles, qu'on ne retire les bestiaux aux estables, sinon pour les grandes chaleurs : d'autant qu'elle ne produict point de loups, et n'y peuvent vivre apportez d'ailleurs, la poussiere mesme les faict mourir.

Mais je trouve Matthieu, advocat de Lyon, historien royal, en l'histoire de France dire bien autrement, et veritablement à mon opinion, qui dict ainsi :

Ce que l'on dict, par antipatie l'Angleterre ne nourrir point de loups (comme n'y avoir point de cerfs en Afrique), est une pure fable, estant vray que les gentils-hommes en nourrissent par rareté. Il y en avoit autresfois un si grand nombre que la noblesse n'avoit autre exercice que les courir et chasser ; et en ce temps-là les roys furent contraincts demander un tribut de testes de loups, comme de choses plus utiles.

Il se lit qu'un gentil-homme estoit tenu d'en porter tous les ans trois cens testes. Depuis, pour les exterminer et en extirper du tout la race, l'on convertit les peines de mort en des bannissemens, qui n'avoyent autre fin que la mort d'un certain nombre de loups ; de maniere que, comme le nombre des criminels creut, celuy des loups y diminua, tant que du tout il a pris fin.

Il est vray que l'Escosse (dont le cinquante-quatre roy, nommé Fercardus, fut tué par un loup) est tellement peuplée de ces animaux, que, si le passage pour aller d'Escosse en Angleterre (qui

n'est que de vingt-deux mille pas) n'estoit bien
gardé d'hommes et de dogues, l'Angleterre en seroit bientost repeuplée.

Or, qu'on juge maintenant si on ne trouvera
pas les loups porter pertes et dommages par chacun
an de la moytié du revenu de chasque lieu, grand
ou petit, et plutost en celuy qui ne vaudra que
vingt ou trente livres de ferme qu'en un plus
grand, d'autant que la perte que font les loups,
avec les impenses, surpasseront bientost dix ou
quinze livres par an. Et, outre que le maistre porte
sa part de la perte que font les loups, il supporte
aussi sa part des frais qu'on y faict, attendu que si
n'estoient tels et si grands frais qu'il convient faire
pour nourrir les bestiaux, son lieu luy vaudroit davantage de ferme.

Ceux mesme qui n'ont lieux ny bestiaux et qui
acheptent dequoy vivre au jour la journée se res-
sentent de la perte des loups ; d'autant qu'ils
achepteront plus cher, de mesme qu'ils font quand
la gresle, ou gelée, ou nielle, a perdu les bleds et
vignes de leurs voisins : car les choses rares ou
cousteuses sont toujours plus cheres.

Et considerant ainsi les pertes du revenu de
chascun lieu, grand et petit, et des pauvres et des
riches, et ainsi la moitié du revenu de toute une
parroisse, et de parroisse en parroisse en chacune
province, et de province en province par l'estenduë

d'une France, qui oseroit dire le nombre des mil-
lions que portent les loups (bien calculé), par chacun
an, de perte à la France? Je prie les bons esprits
de le considerer.

APPENDICE

EXTRAIT DU LIVRE II DU POÈME *DE VENATIONE*

DE NATALIS COMES [1].

ARNIVORIS color est idem, *mens impia sævis*
Atque cruenta lupis. Imitantur lumina flammas.
Nocte procul cernes radiantis lampadis instar.
Forma refert catulum, nares et gressus et ungues.
Horridior tamen aspectus, speciesque tremenda.
Forma Lycaonios et terga horrentia setis
Nunc etiam referunt animos atque impia corda.
Perfusi pecudum cæsarum sanguine gaudent.
Et cum prætereunt currentia flumina multi,

---

1. Louis Gruau s'étant presque exclusivement servi du traité de Natalis Comes pour sa description et son histoire naturelle du loup, j'ai pensé qu'il pouvait être intéressant de reproduire ici la partie du poème *De Venatione* qui traite des loups. Les passages cités par Gruau sont imprimés en italiques. Le poème de Natalis Comes, Noël Le Comte (ou Conti), a été imprimé à Venise en 1551, puis à Venise et à Francfort en 1581, à Paris en 1583, à Francfort en 1588. On en trouve encore des éditions de 1602, 1605, 1612, 1618, 1620, 1626, 1641, 1645, 1651, 1653.

Fortior est reliquis dux. Caudam mordicus illi
Pone sequens tenet ore : lupis hic omnibus ordo.
Vivere Niliacis nulli dicuntur in oris,
Montibus aut Aphris qui sunt dicuntur inertes
Et parvi, tanti patria est primique penates !
Scilicet et multum refert ad corpora, vires
Et mores, genitale solum quæ sydera spectet.
Est coitus meta his bis sex concessa dierum.
Ver ubi dispellit nubes, et purior æther
Deducit sine fece dies, in pectore flammas
Concipiunt, et more canum junguntur; in unum
Conveniunt quos cogit amor venerisque cupido.
Heu ! male tum solis erratur saltibus. *Unam*
Multa lupam sequitur turba : hinc fera prælia miscent.
Prælia dura super veneris dulcedine. Victi
Vel fundunt dulces animas, victoribus ultro
Vel cedunt : cunctis est vincere certa voluntas.
Cernis uti tauri pugnantes sanguine fuso
Membra lavent, semperque magis pulsantibus ardent
Fluctibus irarum ; carpit formosa juvenca
Interea gramen, miseros nec spectat amantes.
Tertius interdum potitur certantibus illis
Bellorum causa. Sic hi dum prælia miscent
Hic fruitur felix horum mercede laborum.
Qualis capreoli venatio, et ipsa luporum
Fert balista necem. Saltus hi rete coronant
Incultos ; casses nequeunt ubi tendere, ramis
Arboribusque vias densant, ut pervia nulli

Pars ea sit, latos saltus indagine cingunt,
Discurrunt nemora alta canes, hominesque : ferarum
Si qua fugit, plantæ catuli ducuntur odore.
Et cogunt in rete, ferit qui retia servat.
Structaque sylvarum ramis magalia linquit.
Cæduntur miseri, nec spes datur ulla salutis,
Parcere quod nullis didicerunt ante. Rigentes
Interdum pugnant canibus, laniantque vicissim
Et rapido quærunt extremam dente salutem.
Sic ubi planities completur qui oppida cingunt
Hostibus, atque acies longam traxere coronam,
Mœnibus inclusi sperant fera fata : sed armis
Nituntur decorare prius post funera mortem.
Sævorum species dicuntur quinque luporum.
Est ingens horror canibus si pellibus horum
Indutus plantas cedas. Vocem his rapit horror,
Ut rapuere prius visis mortalibus ante.
Præterea colli si fiant tympana pelle,
Cætera cuncta silent ingenti victa sonore.
Pascitur evi simul incola psitacus arvi,
Nescio quo fervore lupis devinctus amoris.
Par numerus canibus catulorum, et tempora partu
Nascuntur cæci, *vomitumque cientia carpunt*
Gramina. Vescuntur terra. Cùm tollitur undis
Scorpius, et lucem rapuit mortalibus almam
Præcipiti labens curru Phaetontius heros,
Tempora Lucinæ veniunt his. Pondus in alta
Deponunt ventris sylva, cæcisque latebris.

Fœmina bisquinis uterum gestare diebus
Insuper et binis fertur, quo tempore quondam
Fugit hyperboreis in Delum splendida Phœb
Mater, et ignotam sumpsit mutata figuram.
Thessala terra lupos, et divitis insula Cretæ
Ferre negant, uti fama refert. Triginta diebus
Bis actis alii referunt hos edere partus.
Haud thoes pariter celeres et cursibus acres :
Sunt breviora quibus crura, exporrectaque cauda.
Longius et corpus : thoas natura negavit
Veloces numero fœtus æquare priores.
Nunc duo, nunc tres, ad summum sed quatuor edunt.
Retibus impliciti supremam dente salutem
Experiuntur et hi. Nulla in discrime vitæ
Ponuntur, mortis duros ut vellere nodos
Unguibus, ingenio, morsu, pede, viribus, arte,
Non tentent ; graviora pati nec morte putarunt.
Cætera quæ capiunt pugnando fortiter hosti
Vulnera, creduntur sævæ medicamina mortis.
Est ubi temperies cœli jucunda, virorum
Ni cadat insidiis lupus, huic sunt tempora vitæ
Longa : octo fertur vivendo vincere lustra.

NOTES

Page 8, ligne 1. *Ces dernieres guerres,* les guerres de religion.

11, 13-14. *Chien faict à la thirasse, c'est à dire dressé à la chasse des bestes sauvages.* La tirasse était le filet dont on couvrait le gibier et le chien, quand celui-ci avait marqué l'arrêt. Un chien fait à la tirasse était donc le chien d'arrêt habitué à se coucher (chien couchant), dès qu'il sentait tout près de lui les émanations du gibier, et dressé aussi à se laisser couvrir par le filet sans protester. Gruau, pour les besoins de la cause, écrit *thirasse* au lieu de *tirasse;* mais son étymologie n'en est pas moins détestable.

13, 3. *Julius Pollux, discourant de l'office du veneur, dict,* etc. « Ferarum quæsitor, ferarum hostis, inimicus, venationis studiosus ac amans. » (JULII POLLUCIS *Onomasticon,* liv. V, chap. 1.) — Gruau met ici en note, à la marge, qu'il s'appuie aussi sur l'autorité du traité de Platon, *Lachès, ou le Courage.*

13, 8. Voici le passage d'Isidore, *Originum liber X :* « Venator quasi venabulator, a venatione scilicet qua bestias premit. Quatuor autem sunt venatorum officia : vestigatores, indagatores, alatores et pressores. »

— 10-12. Ces lignes sont extraites du traité *De Venatione* de Xénophon.

— 15. Il est à peine besoin de signaler la naïveté de cette étymologie, qui consiste à faire venir le mot *vénerie* de *veine,* parce que le veneur suit les voies et sentiers du gibier comme le sang suit les voies et sentiers des veines.

Toutes les étymologies du curé de Saulges ont à peu près a même valeur.

14, 3.   ....*Et viduas frustis vænantur avaras.*

Ce vers doit être rétabli ainsi :

> . . . .*Sunt qui*
> *Crustis et pomis viduas venantur avaras.*

(HORACE, *Epîtres*, liv. I, épit. 1, vers 77 et 78.)

15, 5. Voici le passage de Julius Pollux : « Julius Pollux Commodo Cæsari salutem. Quoniam te venationum studiosum esse convenit, quandoquidem hoc studium heroicum regiumque est, et ad corporis animique bonam constitutionem confert; estque tam placidæ fortitudinis quam militaris audaciæ specimen, ad virilitatem utile, et exercitatione reddit robustum, celerem, equestrem, solertem et laboriosum... » (JULII POLLUCIS *Onomasticon*, liv. V.)

— 15 et suiv. *Ainsi que le testifient Xénophon, Philon Juif, et Cicéron au livre de la Nature des dieux.* — Xénophon dans son traité *De Venatione.* — Voici le passage de Philon Juif : « Quemadmodum bellicosa ingenia præexercent se in venationibus : in feris enim experiuntur futuri præfecti militiæ, brutis præbentibus materiam exercitii tam belli quam pacis tempore. » (PHILONIS-JUDÆI, *De vita Mosis*, liv. I.)

16, 6. *L'empereur Adrian tomba en manie.* L'empereur Adrien fut, en effet, grand chasseur, se plaisant surtout aux chasses qui offraient le plus de danger. Spartien rapporte qu'étant déjà empereur il tua plusieurs lions de sa propre main. Pendant un voyage en Égypte, suivant Athénée, il s'attaqua à un lion qui désolait tout le pays, sur les frontières de la Libye, et parvint à le détruire. C'est encore, dit-on, en souvenir d'un haut fait cynégétique accompli contre une ourse, qu'Adrien, fondant une ville sur les confins de la Bithynie et de la Mysie, lui donna le nom d'Adrianothère, c'est-à-dire la chasse d'Adrien.

— 12 et suiv. *Nous lisons en Guaguin, livre dixiesme,* etc.

« Venationis omnem prope consuetudinem prohibens, ita, ut piaculum esset, aves au canes alere, cassibus uti, insidiari feris animantibus, nisi quoad ipse permitteret. » (ROBERTI GAGUINI *Rerum Gallicarum annales,* liv. X, chap. VII.)

18, 8 et suiv. Voici le passage complet du traité d'Isidore de Séville, dont notre auteur a tiré son étymologie : « Lupus græca derivatione in linguam nostram transfertur. Lupos enim illi Λύκους dicunt, Λύκος autem græce a morsibus appellatur, quod rabie rapacitatis quæque invenerit trucidet. Alii lupos vocatos aiunt, quasi leopos (leopes), quod quasi leoni, ita sit illi virtus in pedibus : unde quicquid pede presserit, non vivit. » (ISIDORE, *Originum* liber XII, cap. II.)

19, 1-2. *Ils ont la veüe tant perspicace,* etc. « Acerrissimis atque acutissimis præditus est oculis. Enimvero intempesta nocte, vel luna ipsa silente, lucis usura perfruitur : Hinc lycophos id temporis appellatur cum lucem is solus naturæ munere oculis perceptam habet. » (ELIEN, *De animalibus,* liv. X, chap. XXVI.)

— 4-5. Ces vers sont tirés du livre II du poème *De Venatione* de Natalis Comes. Voyez l'*Appendice.*

— 6. *Pline recite que les loups d'Italie ont les yeux pleins de poison, et la veüe fort pernicieuse.* « Sed in Italia quoque creditur luporum visus esse noxius : vocemque homini, quem priores contemplentur, adimere ad præsens. » (PLINE, *Histoire naturelle,* liv. VIII, chap. XXXIV.)

— 16. .....*lupi Merin videre priores.*
Virgile dit :

.....*Vox quoque Mœrin*
Jam fugat ipsa; lupi Mœrin videre priores.
(EGLOGUE IX, vers 54.)

— 17. SAINT ISIDORE (*Originum* liber XII, cap. II) dit : « Rapax autem bestia et cruoris appetens : de quo rusticus vocem hominem perdere, si eum prior lupus viderit. Unde et subito tacenti dicitur : *Lupus in fabula.* Certe si se prius

visum senserit, deponit feritatis audaciam. » — Gruau s'appuie aussi sur l'autorité de Saint Ambroise, *Hexameron*,
liv. VI, chap. iv.

20, 19. Voyez *les Œuvres* d'Ambroise Paré (Paris, 1641),
p. 127.

20, 21. Air *espoix*, air épais.

21, 18. *Avives*. On nomme avives chez le cheval les
glandes parotides; on désigne sous ce même nom d'*avives*
l'engorgement de ces glandes : c'est dans ce dernier sens
qu'est pris ici le mot *avives*.

22, 1. *Quant et quant*, également.

— 25. *Il fait le même*, il fait la même chose.

23, 7 et suiv. Gruau indique, à la marge, qu'il a extrait
cette autorité du livre de Pierre Belon, du Mans : *Les Ob-
servations de plusieurs singularitez et choses mémorables
trouvées en Grece, Asie, Judée, Egypte, Arabie, et autres
pays estranges.*

— 13 et suiv. Ces *petits loups fauves, qui ne sont point
carnaciers, mais grands larrons,* et qui vivent en *Arabie,
Phénicie et Licye,* sont sans doute les chacals.

— 20 et suiv. « Ager Creticus sylvestrium caprarum co-
piosus est, cervo eget. *Lupos,* vulpes, aliaque quadrupedum
noxia *nusquam educat.* » (Julii Solini *Polyhistor,* Poitiers,
1554, p. 52.)

24, 19 et suiv. La description de ces loups, qui ont des
crins ainsi que des lions et qui sont tachetés, semble bien se
rapprocher de celle de la hyène. « Æthiopicis lupis proprium
est quod in saliendo ita nisus habent alitis, ut non magis pro-
ficiant cursu quam meatu : homines tamen numquam impe-
tunt. Bruma comati sunt, æstate nudi. Thoas vocant. »
(Julii Solini *Polyhistor,* Poitiers, 1554, p. 96.)

25, 8, 16, *Pour leur en repaistre,... à leur en repaistre.*
Pour s'en repaître,... à s'en repaître. Gruau emploie volon-

tiers cette forme *leur* du pronom réfléchi pour *se*. On en retrouvera plusieurs autres exemples dans la suite de ce petit traité.

26, 6 et suiv. Voici le passage de Clamorgan, auquel Gruau fait ici allusion : « Comme à certain jour moy allant à la Cour, passant par la forest de Sainct-Germain, j'apperceu un pied de cerf qui estoit hors du sable, lequel je feis tirer, et en eus une espaule entiere, qui avoit esté mise en terre la nuict precedente. »

27, 2. *Passade*, terme emprunté à l'escrime.

— 14. *Raudent*, rôdent.

29, 3. *Qui dat escam omni carni*. (Ps. cxxxv, vers. 25.)

— 12 et suiv. *Le cerf de son haleine douce et chaude attirer le serpent glissé dedans un trou*. « Et iis est, *dit Pline*, cum serpente pugna. Vestigant cavernas, nariumque spiritu extrahunt renitentes. Ideo singulare abigendis serpentibus, odor adusto cervino cornu. » (*Histoire naturelle*, liv. VIII, chap. L.)

— 14. *Se chambrer*, se coucher. On dit la *chambre* du cerf, comme on dit la *bauge* du sanglier. Pour le cerf on disait également *lit* ou *reposée* : c'est l'endroit où le cerf se couche pendant la journée.

— 18-19. Ces deux vers sont de Natalis Comes, *De Venatione*, liv. III.

— 20. *Ainsi, le renard se repaist au printemps du lazard*, etc. L'auteur a mis en note : « Richard Roussard, liv. *De la Mutation des temps*. » Le vrai titre et le vrai nom de l'auteur sont : Richard Roussat, médecin, chanoine de Langres. *Livre de l'estat et mutation des temps, prouvant, par authoritez de l'Escripture saincte et par raisons astrologales, la fin du monde estre prochaine*. Lyon, Guillaume Rouille, 1550.

30, 19. *Tect*, toit.

31, 22. *L'un decoche*, l'un s'élance.

32, 3. *Bestes omailles.* On dit aujourd'hui les bêtes *aumailles* : ce sont les bêtes à cornes, bœufs, vaches et taureaux. Du latin *animalia.*

34, 1. *Le ruë par terre*, l'abat par terre.

— 21. *Tentes ou trapuces*, tendues ou fosses avec trapes.

— 24-25. *Nostre-Dame du Parc de Chartreuse, près de nous deux lieues*, au nord-est de Saulges, sur le bord de la forêt de Charnie.

35, 15. *Vené*, chassé.

36, 5-7. Cés vers sont de Natalis Comes, *De Venatione*, liv. III.

— 8 et suiv. Cette légende des loups traversant les fleuves en se tenant l'un l'autre par la queue est fort ancienne, et a donné lieu à la locution : *se suivre à la queue-leu-leu,* c'est-à-dire marcher comme les loups, l'un derrière l'autre, en se tenant par l'habit. La forme *leu* pour *loup* est restée française jusque dans les temps modernes. La Fontaine dit encore, citant un dicton picard :

> *Biaux chires leups, n'écoutez mie*
> *Mère tenchent chen fieux qui crie.*

Mais la locution *à la queue-leu-leu* me semble avoir été corrompue ; on devait dire très probablement : *à la queue, le leu !* (à la queue, le loup !) Puis, le mot *leu* pour *loup* étant tombé en désuétude et n'étant plus compris, la formule s'est modifiée et est devenue ce qu'elle est aujourd'hui.

38, 16-17. *La Verrerie de Chemiré-en-Charnie, près Estival.* La Verrerie se trouve à une très faible distance de Chemiré-en-Charnie vers le nord-ouest. Etival est placé sur le bord de la forêt de la Grande-Charnie, et Chemiré entre les deux forêts de la Grande et de la Petite-Charnie. Chemiré-en-Charnie fait aujourd'hui partie du canton de Loué (Sarthe), arrondissement du Mans.

40, 25. *Bestes omailles.* Voyez la note de la p. 32, l. 3.

42, 2 et suiv. Buffon dit que « le temps de la gestation (de la louve) est d'environ trois mois et demi », c'est-à-dire de plus de cent jours. — Quant à la durée de la vie des loups, le même écrivain la fixe à quinze ou vingt ans. Cette appréciation est un peu arbitraire; il est fort difficile, en effet, de connaître l'âge extrême d'un loup vivant à l'état sauvage, puisque tous, ou à peu d'exceptions près sans doute, périssent de mort violente. Quant au loup enfermé dans une cage ou dans une fosse, il ne se trouve pas dans des conditions normales; et les renseignements que fournit la durée de sa vie ne peuvent être généralisés et étendus aux autres individus de son espèce vivant à l'état libre.

43, 16. *Un gros serend.* Le serend ou seranc était le peigne à lin ou à chanvre. On lit dans le *Testament* de Jean de Meung ces deux vers :

Conscience le foule, conscience le froisse,
Conscience le point plus que serans ne broisse.

44, 12. *Pour servir à faire maistres.* Les *maîtres* sont les cordes qui bordent les pièces de toiles ou de filets et qui servent à les tendre.

45, 1 et suiv. *Faut que le moule soit d'un aiscet, et soit de longueur d'un dour. Aiscet* est le diminutif de *ais* : le moule doit donc être fait d'un petit morceau de bois. Le *dour* était une mesure équivalente au quart du pied. On lit dans le roman de *Brut,* de Wace :

Ne ja par moi n'aura segnour,
Ne de tote ma terre un dour.

46, 16. *Ains ils s'egayent par la campagne,* mais ils se répandent par la campagne. — Le verbe *s'égailler* est encore usité dans certaines provinces. On connaît la formule employée par les chefs vendéens pour ordonner à leurs soldats de se débander et de se cacher : « *Egaillez-vous,* les gâs, v'là les bleus. »

47, 2. *Et la part où ils tendront leurs en aller estans huez*, et le côté par lequel ils tendront à s'en aller lorsqu'on les poursuivra en criant.

— 28. *Musses.* Musse est à peu près synonyme de passée : c'est proprement un trou dans le bas d'une haie, par lequel passe ordinairement un lièvre, un lapin, un renard, etc.

48, 11. *Sion de bois*, aujourd'hui scion, baguette ou branche flexible.

— 22. *Ne faut laisser... eschats ou troncs à quoy ladicte poche puisse approcher.* Ce dernier mot doit sans doute être lu *accrocher*, et non *approcher*; ce doit être une simple faute typographique. Quant à *eschats*, il faut l'entendre dans le sens d'éclats de bois ou de chicots.

50, 16. *En forme d'alliers*, c'est-à-dire à la façon des filets nommés *halliers*.

54, 2. *Pistoles et boisies pour faire grand bruit.* La *pistole*, ou pistolet à rouet, ancienne arme employée principalement par la cavalerie aux XVIe et XVIIe siècles : elle portait une platine à rouet. — Les *boîtes* étaient de petits mortiers de fer, employés généralement dans les fêtes publiques. « Des *boîtes* qui crevèrent tuèrent trois ou quatre personnes. » (Mme DE SÉVIGNÉ.)

55, 18. *Broc*, épieu : à rapprocher du féminin *broche*.

58, 18. *Carnage*, bête morte placée comme appât.

61, 18. *Rebrosser*, rebrousser chemin.

— 21. *Et ainsi fera faillir*, et ainsi fera manquer la chasse.

62, 2. *Premier qu'estre trouvé*, avant d'être trouvé.

64, 11. *Plumes mi-parties*, plumes de deux couleurs.

— 14. *Gresillons*, grelots.

65, 16 et 17. *Quelques musses en hault ou vollées.* Je pense qu'il faut entendre par *vollée* un trou dans la haie assez haut de terre pour que le loup soit obligé de sauter quand il veut traverser la haie par cet endroit.

66, 20. *Traînées*. Un homme à cheval traîne, par une corde ou mieux un lien de bois, une bête morte, mouton, chèvre, etc.; c'est ce qu'on nomme *traînée*. S'il laisse la bête morte au bois pour servir d'appât aux loups, c'est le *carnage*. La traînée peut se faire aussi avec des morceaux de viande, du pain rôti et couvert de graisse, etc. Voyez ci-après pp. 68-69.

69, 21. *Umblette et grenne de hyerre.* — L'*umblette*, qu'on trouve ailleurs écrit *umbellette*, serait-elle simplement une *ombellifère*? — *Grenne de hyerre*, graine de lierre.

70, 1-2 ... *Mommie, galbanon et staphisaigre, de la coque du Levant.* — La *momie* est l'une des drogues les plus célèbres du moyen âge, qui l'avait empruntée à la médecine arabe. « La momie des tombeaux est composée de l'aloès, de la myrrhe et de l'humeur qui, découlant du corps humain, se mêle à ces substances. D'après Avicenne, la momie proprement dite réside dans la vertu de la poix et de l'asphalte. » (*Lum. maj.*, p. 16.) — *Galbanon*. Le galbanon est une gomme-résine tirée d'une plante qu'on croit être le *bubon galbanum* ou le *ferula galbanifera*. — *Staphisaigre* ou herbe aux poux. *Delphinium staphisagria*, L. — La *coque du Levant*. C'est le nom qu'on donne aux drupes desséchées d'un arbuste sarmenteux du Malabar et des Moluques, *Menispermum cocculus*. L.

70, 4. *Sain d'oye ou de porc*, graisse d'oie ou de porc.

— 7 et suiv. *Du genêt vert qui ayt le pied rouge, l'umblette, du marochemin, de la rhue, de l'ambroise, du hyerre terrestre.* — V. la note de la p. 69, l. 21. — *Marochemin*. Peut-être faut-il entendre par *marochemin* le marrube, *Ballota nigra*, L., ou *Marrubium vulgare*, L. — *Rhue, Peganum harmala*, L. — *Ambroise*. Sans doute le *chénopode ambrosioïde*. — *Hyerre terrestre*, lierre terrestre : *Glechoma hederacea*, L.

70, 15. *Glus de hierre*, glu de lierre.

70, 21. *Du galbanon ou du staphisaigre.* Voyez la note de la p. 70, l. 1.

71, 6. *Du repaire de renard,* de la fiente de renard.

— 21. *La pertuisée,* le Mille-pertuis, *Hypericum perforatum,* L.

— 24 et p. 72. Voici le passage de Du Fouilloux : « Si on prend une renarde en la saison qu'elle est en amours, qu'on luy couppe la nature et le boyau qui la tient, avec les petits roignons, qui sont cause de l'engendrement, qui est ce que les chatreux ostent aux chiennes quand ils les sennent, puis mettre le tout couppé par petits lopins en quelque petit pot, tout chaudement, et prendre du galbanum, et le mettre dedans en meslant tout ensemble, et couvrir le pot de peur que le tout s'esvente, cela se pourra garder toute l'année, qui servira alors qu'on voudra faire quelque traînée pour faire venir les renards, en prenant du cuir ou couanne de lard, la mettant sur le gril, puis quand elle sera bien grillée et toute chaude, il la faut tremper dedans le pot où est la nature de la renarde et le galbanum, et en faire toutes les traînées; alors vous verrez que les renards vous suivront partout, mais il faut que celuy qui fera la traînée frotte la semelle de ses souliers de bouze de vache, de peur qu'ils ayent le vent de ses pieds. » (DU FOUILLOUX, *Vénerie,* chap. XLI.)

73, 5-6. ... *une fosse... ou saux.* Ces deux mots sont à peu près synonymes : nous disons encore *saut de loup* pour désigner un fossé assez large, creusé généralement au bout de l'allée d'un parc, de façon à clore sans enlever la vue.

— 15. ... *clayes et lisses.* Lice ou lisse signifiait une barrière, une palissade. C'est ainsi qu'on lit, dans les *Chroniques de Saint-Denis,* ce passage qui a trait au baptême du premier fils de Charles V, en 1368 : « Furent faites *lices* de bois en la rüe devant laditte église... pour mieulx garder la grant presse de gent qu'elle ne fu trop grant... »

75, 9. *Ratiers de fil de fer,* ratière, piège à rats.

75, 21. *Et premier*, et d'abord.

76, 4. *Faux visage*, masque humain.

— 5. *Ne l'advisent*, ne l'aperçoivent.

78, 15. *Faut profonder*, il faut creuser.

79, 9. *Les deux longeres*, les deux traverses principales.

— 12. *Les deux travers*. On dit aujourd'hui *traverses*, et non plus *travers*.

— 14. *D'un dour de hault*. Sur la signification du mot *dour*, voyez la note de la p. 45, l. 1.

80, 1-2. *Qui seront parfaictes de petites ayssettes*, qui seront finies avec de petites traverses de bois. *Ayssettes* est le diminutif de *ais*.

— 2. *Thurillons*, tourillons.

— 3. *Jouyront*, joueront.

— 14. *Couette de fer*, coussinet.

81, 19. *Ayssettes*. Voyez la note de la p. 80, l. 1-2.

— 21. *Briere*, bruyère.

92, 2. *Engariez*, engagés.

— 20. *Hard*, hart, lien fait d'osier ou d'autre bois flexible.

93, 2. *Entordre*, entortiller.

— 11. *Il ne faudra à hurler*, il ne manquera pas de hurler.

— 16. *Engariez*, voyez la note de la p. 92, l. 2.

94, 3. *Du plus vieil oingt*, de la plus vieille graisse.

— 5. *Galbanum*, voyez la note de la p. 70, l. 1.

97, 13. *Chambvre*, chanvre.

98, 1. *Le collet et boucle s'estreindront*, se resserreront.

100, 13. *Planestres,* clairières.

101, 1. *Abutteront,* aboutiront.

102, 4. *Paulx.* Pluriel de *pal.*

110, 18. *Verdier.* Le verdier était un officier établi pour commander aux gardes d'une forêt éloignée des maîtrises.,

111, 10. *Conviendra,* il faudra.

114, 3. *Les montaignes Pyrénées et du Sault.* L'auteur entend sans doute par les « montaignes du Sault » les abords du mont Ventoux.

116, 12. *Redimables,* rachetables.

118, 12. *Labeur,* labour.

121, 22-23. *Maigres et tabides,* maigres et consummés par le marasme.

124, 8 et suiv. *Ce que l'on dict,* etc. Ce passage est copié dans l'ouvrage de P. Matthieu, *Histoire de France et des choses mémorables advenues aux provinces estrangeres durant sept années de paix* (Paris, 1605), t. II, p. 170.

124, 26. Fercard Ier, roi d'Écosse en 622.

Imprimé par Jouaust et Sigaux

POUR LA COLLECTION

DU CABINET DE VÉNERIE

FÉVRIER 1888